缪春旗 著

在康河的柔波里
In the Gentle Waves of River Cam

I came,
I saw,
I experienced …

本书获盐城师范学院外国语学院"江苏高校品牌专业建设工程资助项目"（PPZY2015A012）资助。

苏州大学出版社

图书在版编目(CIP)数据

在康河的柔波里 = In the Gentle Waves of River Cam / 缪春旗著. —苏州：苏州大学出版社, 2017.7
ISBN 978-7-5672-2126-0

Ⅰ.①在… Ⅱ.①缪… Ⅲ.①随笔-作品集-中国-当代 Ⅳ.①I267.1

中国版本图书馆 CIP 数据核字(2017)第 112272 号

书　　名	在康河的柔波里
作　　者	缪春旗　著
责任编辑	汤定军
装帧设计	刘　俊
出版发行	苏州大学出版社(Soochow University Press)
社　　址	苏州市十梓街 1 号　邮编：215006
印　　装	苏州工业园区美柯乐制版印务有限责任公司
网　　址	www.sudapress.com
邮购热线	0512-67480030
销售热线	0512-65225020
开　　本	700mm×1000mm　1/16　印张：12.5　字数：180 千
版　　次	2017 年 7 月第 1 版
印　　次	2017 年 7 月第 1 次印刷
书　　号	ISBN 978-7-5672-2126-0
定　　价	35.00 元

凡购本社图书发现印装错误，请与本社联系调换。服务热线：0512-65225020

前言

  2012年春节过后,我开始带着各种纠结,收拾行李、收拾心情、准备上路。目的地是英国剑桥的安格利亚·鲁斯金大学(ARU),事由是为期半年的访学。当时的日记标题就是"Packing for the UK"(打包去英国)。

  人在世上离不开所谓的安全感。除了基本生活保障,安全感离不开熟悉的环境和亲切的人事,我们都享受这二者共同营造起来的氛围,身在其中倍感舒适自在。但这种生活一旦久了就会变为一种程式(routine),难免一成不变,缺乏新意和活力,人也容易变得麻木迟钝。这也就是为什么人需要时不时跳出自己熟悉的一切(comfortable zone),带着一双新奇和接纳的眼睛,也带着些许忐忑和孤独,重新出发,把自己再次投入陌生、投入未知。虽然有一些焦虑、有一些不舍、有一些没着落,但也生出若干的斗志和活力来。毕竟人生的基本状态就是在路上,所以我上路了。

  来到英国,来到剑桥,康河就是一个如影随形的存在。有意无意间,你就会被她温柔的气息缠绕进去。当你从桥上走过,她便静静地映入你的眼帘,连同天光云影,连同你和小桥,在水中又营造出另一番洞天。野鸭悠悠地在水面上划行,那个影像立时生动起来;而当你远眺出去,总会看到"那榆荫下的一潭……一支长篙,向青草更青处漫溯",学院的建筑和后庭错落有致地散落在河的两岸,若隐若现……徐志摩的《再别康桥》便会一遍遍在心头回响。

  在春光明媚的日子,在细雨霏霏的日子,在清晨里,在暮色中,在这日复一日亲密的相遇里,我也放任自己在康河的柔波里做了一个长长的梦。

很长一段时间里,剑桥都是我的出发之地和归来之所。我一次次从这里出发,走更远的路,看更多的"景",又一次次回到这里,伏在案前记下我的所思所感。

这是一个有着独特气质的国家。这个国家的自然、建筑、传统、文化,还有普通人,无不吸引着我这个"外来者",我一次次没入她无边的绿色,一次次坠入她古老的传统,一次次感动于那些普通人身上散发出的温暖,也一次次享受那个完全成为自己的状态。

有时走在路上,看着天上的云,就会想起英国诗人华兹华斯(William Wordsworth)的诗句"I wandered lonely as a cloud …"(我孤独地漫游,像一朵云)。当下的生活方式很奇特,绝大多数时候我都是一个人独来独往,看着周围人忙忙碌碌地生活,自己好像超脱成了生活之外的一个"旁观者"(observer)。我没有刻意去认识人,也没有非常热情地要融入别人的生活,其实我很珍惜当下这样一种状态,当自己只剩下自己的时候,就会有水仙在心中闪现,"于是我的心便涨满幸福,和水仙一同翩翩起舞"。

龙应台说,文学最重要的功能是"使看不见的东西被看见",而旅行又何尝不是一次这样的努力——它让你暂时忘掉"庸常",帮你去除"遮蔽",看见你所看不见的东西。旅行重要的不仅仅是看到了什么,而是在某种相对纯粹的状态下,所见所闻在你的内心激发出了什么。它是你和这个世界的一次对话,和自己内心的一场交流。

陌生化最重要的功能就是让司空见惯到视而不见的东西被从另一个角度重新发现和认识。对一个来自异质文化的人来说,他(她)本身就自带了一副陌生化的眼镜,他(她)不光带着好奇望向"山的那一边",而且带着超脱,一种对日常琐碎的超脱,反观之前"山的这一边"的生活。

旅行在某种意义上其实是人内心一种温柔的反抗。它对你看世界的惯常方式提出质疑和挑战，有一种不安不满在扰动你。你说不出那是什么，但当你生活的这个小世界已然代替了整个世界在你心中应有的模样的时候，当一切变得井井有条、按部就班、顺理成章的时候，当你对一切都熟视无睹、认为理所当然的时候，也许就该抽身离开一段时间了。生活在此更在彼。

我很认同金晓瑜老师所说的三个世界：经验世界、诗意世界和宗教世界。经验世界是此在，我们每个人都离不开这个世界。我们依托这个世界而存在，我们在此安身立命，喜怒哀乐也大多拜其所赐，它给了我们每天平凡而真实的生活。但如果全身心投入这样一个世界，却未免有些狭隘、有些无趣，因为一切太过确定、人人太过执着。

诗意世界就是生活在别处，它是一个独立的审美存在。在这个世界里，人可以做自己，可以精骛八极，心游万仞，可以一花一天堂、一沙一世界。这个世界貌似虚无缥缈，但离开这个世界，人生无疑少了太多的色彩。而宗教世界并非一定和宗教有关，它是哲学意义上的形而上的世界，它关心"我是谁？从哪儿来？到哪儿去？"

以现实的眼光，后两个世界都是可有可无的无用世界。但即便清人都意识到："不为无益之事，何以遣有涯之生？"女作家张爱玲写了那么多饮食男女，却感叹："人生所谓生趣，全在那些不相干的事上。"白岩松在《做什么有用？》一文中，也不无感慨地希望中国人能发发呆，多做点无用的事。

想象就是一个独立的存在，它有自己的价值。当一个人享受虚度时光时，那个时光就不再是被虚度的了。回顾在剑桥做的这许多"无益和不相干"的事，对我而言，算是一种幸福吧。

目录

生活处处有"惊喜"
You Never Know What Is in Store for You　/ 1

邂逅剑大
Bumping into the University of Cambridge　/ 4

找到新的住处了
A New Place to Stay　/ 6

我的"租"生活
My Renting Life　/ 8

不同的是生活方式,一样的是生活本身
The Grass Is Not Always Greener on the Other Side of the Fence　/ 9

钥匙
The Key　/ 13

胃已开始想家,不管我愿不愿意承认
Homesick　/ 16

剑桥小镇
Cambridge, a Little Town　/ 19

ARU图书馆的人性化服务
The Library User-Friendly Service in ARU　/ 22

英国超市
The Supermarkets in the UK　/ 24

浮生一日
What a Day!　/ 26

失去语言,我们将会怎样?
Unplugged: A Day without Words / 30

我们生活在一个世界里吗?
Are We in the Same World? / 32

天天美食
Seven Days / 34

美好一天里的"糟心事"
After All, Tomorrow Is Another Day! / 35

大英博物馆
British Museum / 38

一切都在互文中
Do We Still Have Our Initial Response? / 41

格兰切斯特,一见钟情
Grantchester, Love at the First Sight / 42

旅游小结之衣食住行
Beyond Travelling / 45

搞笑的英国人
They Are So Funny! / 49

旅途中那些难忘的经历
Those Unforgettable Experiences in My Journey / 50

又见菜花黄
Cole Flower in Full Bloom Again / 52

杜伦小镇和它的植物园
Durham and Its Botanic Garden / 54

爱丁堡——一本厚厚的历史书
Edinburgh: A Book to Be Read / 57

华兹华斯的湖区
William Wordsworth and the Lake District / 60

古城墙和大教堂——约克的骄傲
The Ancient Wall and Cathedral, the Pride of York / 64

在康河的柔波里
In the Gentle Waves of River Cam / 66

剑桥大学图书馆
Cambridge University Library / 69

格兰切斯特,时间在此悄然驻足
Grantchester: A Corner of England Where Time Stands Still as the Outside World Rushes By / 71

再访伦敦
A Second Trip to "the Dear Old London" / 75

牛津之行
A Trip to Oxford / 79

从考文特花园到海德公园和肯辛顿宫
From Convent Garden to Hyde Park and Kensington Palace / 84

大学图书馆——柔软的、静静的时光
The Quieter You Become, the More You Can Hear / 88

视角·洞见
A New Perspective for Deep Insight / 91

等你在老地方
They Will Always Be There for You / 92

伦敦印象
A Brief Sketch of London / 93

泰晤士河
River Thames / 95

西敏寺
Westminster Abbey / 98

科茨沃尔德——英格兰的心脏
A Trip to Cotswolds, Heart of England / 100

旅行不只是看景
Travelling Is More than Just Going Sightseeing / 102

被困布罗克莱
Blocked in Blockley / 105

神奇的布罗克莱
Blockley: A Magic Place / 108

徒步林间,我的最爱
Woods Walking, My Favorite Thing / 111

斯特拉福——莎翁故里
Stratford-upon-Avon—Shakespeare's Hometown / 115

园子和茶室
Gardens and Tea Rooms / 119

水上的伯顿和斯洛特
Bourton and Slaughter House / 121

帕克绿地上的城乡秀
Town & Country Show in Parker's Piece / 124

做蛋饼的手艺人
The Memory of a Woman Making Homemade Pancakes / 127

两件小事
Details Make All the Difference / 129

生命有时是如此脆弱
Life Sometimes Can Be So Fragile / 132

保重自己就是善待家人
Taking a Good Care of Yourself for Your Family / 133

无题
Some Random Thoughts / 134

圣保罗大教堂
St. Paul's Cathedral / 135

音乐剧《剧院魅影》
Phantom of the Opera / 140

白金汉宫
Buckingham Palace / 144

泰特现代艺术馆
Tate Modern / 147

奥运火炬，今到剑桥
Your Moment to Shine / 150

爱丽丝日，走进爱丽丝的奇幻世界
Alice's Day——Walking into Her Wonderland / 153

感受剑桥季节更替冷暖变化
The Weather Here Is So British! / 157

从诺丁山到哈罗德
From Notting Hill to Harrods / 163

邱园"记事"
Kew Gardens / 167

奢侈的牛津之行
Touring Oxford at a Leisurely Pace / 173

我眼中的2012伦敦奥运
The London 2012 Olympic Games As I See It / 175

意识形态是一堵看不见的墙
Ideology, an Invisible Wall / 178

仲夏夜之梦
A Midsummer Night's Dream / 180

后　记 /183

生活处处有"惊喜"
You Never Know What Is in Store for You

  昨天先生送我去浦东机场,一路风雨兼程,他说希望老天把雨水都一次性倒光,这样我可以带着阳光上路。今天一早果然天从人愿,虽然说不上好天,但雨是不下了。

  飞机在万米高空就像浮在云海之上,云边却是碧蓝的天,四射的阳光竟然有些刺眼。只有印着英国国旗的机翼从舷窗望去似在云端缓缓移动。一路出乎意料地顺利,维珍的空姐一次次派送饮料点心,经济舱客人出奇地少,大家也都自发宽坐,看看东西打会儿盹,十几个小时不知不觉就过去了。当飞机在伦敦上空准备降落的时候,我看到了蜿蜒的泰晤士河、河上的伦敦塔桥,还有著名的伦敦眼。飞机在高空,地面的一切都显得极其渺小,建筑像积木,汽车如玩具,但当刚刚还很庞大的飞机最终降落在希斯罗机场,投入大地的怀抱时,它立马显得微不足道,而地面却显得宽广无比。这反差不过是高度变化演绎出来的,换个角度看世界,挺有趣的。

希斯罗机场上空

本以为一切顺利,哪知麻烦才刚刚开始。约好来接机的司机迟迟没有露面,打电话联系,却发现卡被禁用,怎么也打不通,就此与外界失去了联系。唯一庆幸的是语言还通,就请在场的一位印度司机帮我打个电话。司机人很好、很诚恳,通话后告诉我接机的司机半途车子出了状况,会迟到半个小时。他还和对方约好等待地点,又描述了我的衣着特征。谢过后我就开始坐等,等得有些着急无聊,突然想到可以就地买张新卡充值。机场小店就有卡出售,激活后电话终于通了,立刻感觉和世界又连接上了。后来才知道夏之前好心留给我的 Lebara SIM 卡,虽然卡里有钱,但因为回国后超过 80 天没有使用,就自动失效了。

司机终于到了。老头年纪不小,却非常儒雅,说话彬彬有礼。我本来没把车出状况的事放心上,认为这不过是司机迟到的一个借口罢了。但意想不到的是,车子上路不久,就状况不断,最后终于在从西斯罗机场往剑桥方向的高速路上抛锚了。虽然车已停在边道上,也打了双跳,为安全起见,司机还是坚持我们都下车,跨过高速的 hard shoulder(很有趣的词,意思是"隔离墩"),站在路边等待救援车。

伦敦今天的气温要高于正常,居然有 17 度。我本来全副武装,穿了冲锋衣准备应对欧洲的极寒,想不到热坏了;但还没等我后悔就开始庆幸,因为天黑下来,温度也急速下降,要不是衣服防风效果好,我非冻坏不可。司机极瘦又穿得单薄,更是够呛。我们就这样在高速路边看着眼前一辆辆车疾驰而过,抢修的车似乎很忙,迟迟过不来。司机不停地打电话,但除了等似乎也没别的办法。老头过意不去,主动说不收我钱,我安慰他:"It happens sometimes and there is nothing we can do about it."(很多事我们料不到,很多时候我们也无能为力。)并自嘲英国不欢迎自己,给了自己一个"cold welcome"(原意"不欢迎",这里取字面"冷"之意),因为真的开始瑟瑟发抖了。我们互相安慰鼓励,终于把抢修车等来了。抢修司机很绅士地让我先上车暖暖,他们两个人在下面合计,最后决定把小车直接开上来拖回去修。我听他们商量先送我去房东家,然后送司机去修车,我的心终于放下了。

赶快联系住家(homestay),告诉她我要迟些才能到。听说我今晚就到,她很吃惊。她说中介告诉她我周日到,天晓得哪儿出错了。大概剑桥租房的人太多,中国人也多,她搞混了吧。虽不愿意,看来要成"unexpected guest"(不速之客)了,反正我说就要到了。

打完电话我自顾自地在车上睡着了。两个司机很负责任,一直把我送到家门口。房东家在离家不远的拐角开了家小酒馆(public inn),晚上两人都很忙。男主人 Paul 赶回来帮我开门,把箱子拎上楼,告知浴室间和厨房的相关事宜,把钥匙交给我后就匆匆离开了。厨房里有女房东 Fiona 给我留的晚饭,但我只想洗个热水澡快快上床睡觉。打个平安电话回家,已是晚上十点了,一路行来,剑桥似乎是个安静的小镇,明天再看吧。睡觉!

邂 逅 剑 大

Bumping into the University of Cambridge

今天本打算坐车去市中心的,居然一不小心走进了剑桥大学。说到剑桥,国人的第一反应就是剑桥大学,一所历史悠久的世界顶尖学府,其实剑桥也可能指剑桥郡或剑桥市。到了剑桥,"剑桥"(Cambridge)就无所不在了,从公交指示牌到沿街的店面,到处都是"剑桥"字样。而我今天只是从我住的布鲁克斯路(Brooks Road)拐到米尔路(Mill Road),一路信步走去,穿过一片开阔的草坪,拐到另一条街,突然就看到了"剑桥大学化学系"(Cambridge Chemistry Department)。虽然之前通过地图我大致了解到剑桥大学的方位,也计划着最近去参观,但没想到就这么无意中走进了剑桥大学。道路不宽,两旁散落着不少学院,包括著名的国王学院。该学院气派非凡,颇有海纳百川的气度,只要游客愿意,它倒不介意你买票参观,只要注意场合。

国王学院门前

而有些学院门前有牌子,谢绝参观。我没有进去,不忍就这么闯进去,总觉得需要点心理准备什么的,好东西要悠着点享用。我选择了国王学院斜对面的大圣玛丽教堂(Great St. Mary's)。伴着激越的教堂钟声,顺着窄窄的楼梯扶级而上,终于爬上塔楼,来到教堂的顶上。放眼四周,剑桥大学尽收眼底,难怪这座教堂被称作大学教堂,因为她和大学有着千丝万缕的联系,大学的一些庆典和官方会议都曾在这里举行。北面有三一学院、圣约翰学院;南面是圣爱德华学院;西面有国王学院和克莱尔学院;东面有三一教堂。我打算换个时间再和剑大亲密接触。第一次在外围说不上具体印象,只是觉得她的气场很特别:古老的是建筑,年轻的是草坪,充满活力的是一群群肤色各异、年轻开放的学人。

找到新的住处了
A New Place to Stay

来了两天了,我感觉已不像最初那么陌生。无论是在住家,还是置身周边环境,都渐渐自如了。洗了衣服,烧了饭,便有了安顿下来的感觉。但心里隐隐还是有种不安定,因为现在的住处是学校给我安排的,稍微有点贵。另外,房东打算将房子简单装修下重新整租出去,也就是说两周后我得另找住处了。想想不定神,一早就在网上浏览租房广告。出国前也在网上找过房子,但有点看不见、摸不着的感觉。现在人在当地,就真实多了。我从密密麻麻的广告中筛出几则符合条件的,开始打电话。运气太好了,第一个电话就找到了理想中的位置:不光地处市中心,离安格利亚·鲁斯金大学的后门居然只有一百米。唯一担心的就是价格,但听对方口气,如果符合条件,租金可以商量。

约好下午就去看房,我早早就往那个方向走,很容易就找到了米尔路边上的麦肯斯路(Mackense Road)。这栋房子是剑桥常见的半独立式住宅(semi-detached house),外面环境很好,有一种闹中取静的感觉。敲了门进去,却有些小小的失望。里面很暗,屋子很乱,厨房台面上也铺天盖地的。因为有两个七岁左右的男孩,可以想象房间里的混乱景象。我的房间很小,也很乱,一些东西散得到处都是,还好有个小阳台可以看到后院。女主人丈夫经常出差,她也要上班,所以她的条件是希望我早上能帮她送双胞胎儿子上学。早上8点半左右,步行10分钟到校,我想也没什么,只当锻炼一下自己,帮助一下别人。看得出,她很疲惫。最后价格还不错,340镑/月,在这个位置应该说性价比很高了。我要安静,几步就可以去学校图书馆,也省出不少交通费。反正来英国也不是追求舒适和美食的,这些家里都有,出来是感受的。基本上定了这家。回来我跟房东商量提前一周搬出去，没想到 Fiona 很通情达理，而且吃惊地问我怎么找到这么好的地方、价格这么低。我建议她到"剑桥中国学者学生联合会"的主页上去登她的出租广告，不要找中介了。今早又接到一个电话，问我要不要看房，才想起曾发出去不少询问邮件。这个要远得多，价格也贵不少，吸引人的是家里正常没人，待着更安静自在，有空也去看看吧。房子有了着落，感觉终于可以松口气了。

打电话到学校，才知负责对外关系的吴老师这两天去度假了，周三才回来。反正我也不着急，等搬好家再说吧。

剑桥是个多元文化特征非常明显的城市。走在米尔路上，什么样的肤色面孔、什么样的语言、什么样的着装都不稀奇。两旁的小店有韩国的、日本的、印度的、意大利的、马来的，当然还有华人的。我想人处于这样一个多元环境中，包容应该是一种必然和自觉吧。

住所附近

我的"租"生活
My Renting Life

今天一大早阳光就出奇地好,走到屋外简直有春光明媚的感觉。昨天我已经把一个大箱子和一个包提前运到新的住处,这会儿把剩下的东西整理好,到楼下和 Fiona 说再见。我很喜欢这个房东,和她相处得也很愉快。但人生就是不停地出发,我要去下一站了。

按门铃,又走进了一个新的家庭,只是这次是个中国家庭。我跟主人打过招呼,就开始打扫整理我的房间。所谓劳动创造美,大半个小时后,虽说不上窗明几净,但也干净整洁多了。很可能在剑桥的半年我要在这里度过了。虽然这只是人生旅途的一个小小驿站,告诉自己要学会珍惜。

我想起和先生在苏州读书的日子,我们在苏大附近的十全街上租过一个小居室。虽然屋子简陋局促,但我们在那里留下了很多欢声笑语和美好回忆。为了用最小的代价完善我们的小巢,周末就出去淘各种宝贝。人家扔掉的一个竹书架被我们如获至宝地抬回去,一通梳洗装扮之后,把书往上一码,一缕书香就在屋子里飘散开来。打开音乐,吃着用简陋炊具烧出的美味,真应了那句"Life can be simpler, yet better!"(生活可以简单却更美好!)现在人们为了在大城市或城市的中心拥有一席之地,不惜一掷千金,或心甘情愿做房奴,其实"租"也是一种生活态度。既然是过客,就不妨随遇而安、顺其自然,不执着、不强求,珍惜当下,享受过程,也许在不期望间倒实实在在地抓住了这段生命中的似水流年。

不同的是生活方式，一样的是生活本身
The Grass Is Not Always Greener on the Other Side of the Fence

真佩服自己，这么频繁地换地儿，居然到哪儿都睡得着、睡得踏实。但不知是不是时差还没完全倒过来，我总是在晚上九点多就犯困，第二天一觉醒来，却往往还不到六点。做一只百灵鸟也不错！拉开窗帘，天色预示着又是晴朗的一天。都说英国的天气一天几变，谁也说不准，但最近天气却很稳定，气温也在逐渐回升中，只是早晚还有些凉。

我正在熟悉这个新的家庭。他们有一个十五六岁的女儿 May，一对双胞胎男孩，七岁左右，一个叫 Philip，另一个叫 Alan。白天孩子们都不在家，一到晚上，这个家庭的厨房里就热闹非凡。晚饭之后那个叫 Alan 的孩子就像猴子似的蹿上蹿下，对父母的任何意见都大声地报以"No"。姐姐 May 有时会练会儿钢琴。孩子们基本说英文，父母则夹杂着中文和英文。女儿中文还可以，两个小的却几乎不会说中文，只能听懂一些简单的日常会话，而他们的英文却十分地道，你完全听不出他们是中国孩子。环境真的可以改变许多，语言环境对孩子的影响尤其明显。我想如果把儿子放在这儿，要不了一两年，他的英文就会很溜了。这和在国内课堂上学习语言有很大差别，那个是为学语言而学语言，基本是真空状态；即便有语言环境，也是人工模拟出的，不自然；而当置身于一个真实的语言环境中时，学习或使用语言是为了生存，语言此时之于你是水、是空气，你自然就会用这种语言去思维了。

我们经常会好奇在山的那一头人们过着怎样的生活，但生活也许在哪里都是一样的，不一样的只是表面的生活方式罢了。普通人的生活在哪儿都不易。

之前的房东 Fiona 虽然开着一家小酒馆，但生意几乎占据了夫妻

俩所有的时间和精力,每天都要到夜里才回来,只有早上他们会睡个懒觉,但Fiona却几乎没有任何胃口了。早上和她聊天,她总是穿着睡袍,手里永远端着一杯咖啡,一脸的倦色,好像还没有完全从熬夜中恢复过来,而这种日子却是年复一年。

她家的小酒馆离家只有一两百米,以前他们就住在店里,后来厌倦了店里的嘈杂和一成不变的环境,就选择回家住以享受片刻的安宁。但最近他们又计划着搬回去,因为两头跑、两边牵扯,更费精力了。所以她准备把房子稍做修整,整栋租出去,当然经济上的考虑也是一个原因。

每个周二和周四,她的大儿媳都会把四岁的孙女送过来。原来儿媳工作的地方比较远,又是孕妇,根本顾不上孩子。她每周两次坐一个多小时的火车把女儿送过来,晚上再接回去。Fiona因为还有店里的生意,就把孙女带去那里照应。也不知那个环境是不是适合孩子。后来才听说英国的幼儿园很贵,一个孩子一个月大概就要700镑左右,有些妈妈干脆自己在家里带孩子,省下那笔高额的费用。

Fiona有三个儿子。墙上有张Fiona和一个年轻小伙子的合影。小伙子长得很英俊,穿着海军制服,两个人的眼睛像极了。我就问是不是她的儿子,她说是二儿子,然后用平静的声音告诉我:"He died years ago."(他几年前去世了)我一下呆了,不知道说什么安慰她。照片上的孩子那么年轻、那么帅,一脸阳光地搂着母亲的肩膀,我突然觉得心里一阵发紧,然后是空落落的感觉,为Fiona,也为所有的母亲。我只在她家住了一个星期,也许久一点我会了解她更多一些——她的喜怒哀乐、她的生活。但我要离开了,带着很多问号,还有些许的遗憾:What happened to her son? When? How did she survive?(她儿子怎么没的?什么时候的事儿?她怎么撑下来的?)

记得2005年去澳洲,房东是个司机,有个女儿要供,却从来没听她说过孩子的父亲。女儿寄宿,从来没在她家里出现过。她一个人生活,孤孤单单的。她有一辆二手的红色宝马,工作是去机场接客人,往往是在夜里。一直觉得她五大三粗、神经大条,可有一天她哭得伤心极了。原来她倒车时不小心撞到一只猫,受到惊吓的猫冷不丁跳起来咬了她一口。看着平时那么强的一个人,这会儿哭得好可怜。唉,一个人再怎么强,她也有脆弱的一面,尤其是女人。

水仙盛开的季节

我现在待的这家已经在英国十几年了,也在市中心的位置买了房。孩子上的是一所不错的教会学校。但看得出,生活也不易。先生常常在英国和国内之间跑;太太早早出去上班,要到下午六点以后接了孩子才回家,晚上有时还要送孩子去练琴,总是一脸的倦色。厨房的池子里总是满满的,家里也乱乱的。相比而言,我们在国内过得其实还挺安逸的。有时揭开生活的表象,大家过得都一样,在哪里都是生活。有时你羡慕别人光鲜的外表,岂不知那下面也写满了生活的艰辛和无奈。

今天和这家的先生一起送他孩子上学,主要是熟悉一下路。学校真的很近,孩子一路蹦蹦跳跳的,早蹿到前面了。来到校园,置身于一群天真烂漫的孩子中间,周围是三三两两送孩子上学的父母,一种久违的感觉。孩子们推推搡搡、叽叽喳喳,虽然说着不一样的语言,但你不由会感叹:孩子就是孩子,在哪儿都是一样的天性!只是这儿的孩子要幸福多了,且不说早上九点才上课,晚上回来也很轻松。早上两人手里夹着一两本书,连书包都不带拿的,而我们的孩子小小年纪就早出晚归，书包像小山一样，还时不时考试加排名。唉，折中一下好不好呢。

吴老师度假回来了，那个负责给我办证的 Clare 又度假去了，要周二才回。我还是四处闲逛，太奢侈了。火车站找到了，还是 Fiona 给我指的一条从米尔路斜插过去的捷径。长途车站也近在咫尺。我按捺着一颗蠢蠢欲"动"的心。

钥 匙

The key

在每个住家都会拿到一把钥匙,这把钥匙或普通或精巧,在我却都一样重要。一来房东经常不在家,没了钥匙,就会无"家"可归;二来自己经常外出晚归,忘带钥匙就意味着要麻烦别人,这是我不愿意的;三来人家把一个家交到你手里,自然有一份沉甸甸的责任在,更是马虎不得。所以每回我出门进门,反复要查看的就是钥匙,像得了强迫症似的。

小时候,看见大人们或拴在腰间或装进口袋里的一串串钥匙,常生出许多羡慕。就是这一把把钥匙开启着一扇扇门、一只只抽屉——那些在年幼的我看来极具神秘色彩的地方。有时候爸妈拿出一大串钥匙,挑出其中一把,插入柜子或大厨的锁孔,那么轻轻一转……好奇的我常常踮起脚尖,探头探脑,并总想搞清为什么一把钥匙只开一把锁,到底有没有像"芝麻开门"一样神奇的钥匙……胡思乱想了许多,钥匙在我看来还是那样可望而不可及,像风筝的那一头,牵着我渴望长大的童年。

稍大一些,父母工作越来越忙,常不能按时回家开门,背着书包的我放学之后便只能四处流浪。久而久之,父母便不大忍心,出乎意料地决定给我配一把家门的钥匙。那是一把极普通的钥匙,用久了,显得有些钝,用一根红毛线拴着。妈妈很郑重地替我挂在脖子上,感觉很像入队那天脖子上系的那条红领巾。妈妈千叮咛万嘱咐,叫我千万不可弄丢了,否则被坏人拾去,会把家里的东西全偷光的。我一直觉得拥有一把自己的钥匙是件很好玩、很神奇的事,想不到还沉甸甸的,一点也不轻松。有一段时间,我总是提心吊胆,过一会儿摸摸胸前的钥匙还在不在,甚至梦里还大呼"我的钥匙",生怕把家给丢了……

终于,那个脖子上挂钥匙的女孩一天天长大了。她有时很快乐,有时又很不快乐,有时心里又有许多莫名的东西,她想说出来,又无从说起,最后在日记里找到了宣泄。爸爸妈妈腾给她一只大抽屉,连同抽屉上的一把钥匙。她把她的日记连同许多心里的小快乐、小忧伤锁在了里面,突然有了一种大人的感觉。多少年以后,她想:如果用当初父母给她的那把钥匙打开那个抽屉,里面装着的该是她整个的少女时代。她是多么感谢她的父母。是他们交给她那把钥匙,帮助她度过了那个感情最脆弱、最不稳定的叛逆期,是那把钥匙把她渡到了成熟的彼岸。

时光飞逝,属于我的钥匙一天天增多。特别是工作后,又多了几把单位的钥匙,但对钥匙的感觉却越来越淡,甚至感到带着身上有些累赘了。

有一天,生活中多了一个他,经常去他宿舍玩。一次,他从钥匙圈上取下一把宿舍的备用钥匙,郑重地交给我,相视一笑之下,一种被接纳的感觉!陆陆续续,她又添了若干把钥匙,那些是他书桌上的。她知道那是他全部的家当了,偏问:"是不是还有一把没给?""你没拿到吗?"他反问,很认真。她知道那把无形的钥匙对她才是最重要的,她要把它好好珍藏在心里。此时,钥匙的感觉又回来了,方才悟出:世界上有有形和无形的钥匙。钥匙上虽然有一份沉甸甸的责任,少了它,却会觉得一无所有。

有一天,顺理成章,他们有了一间真正属于他俩的小屋,当他们各自把一把崭新的钥匙握在手心里时,她知道他们拥有了一个真正意义上的家。世上的钥匙千千万万,但这扇门只属于这两把钥匙。

结婚后,她也常回父母家。父母都已退休了,白天基本上都在家。所以当爸爸交给她一把家门的钥匙时,她起初觉得没有必要,但看到爸爸的眼神和他手里的那把再熟悉不过的钥匙,她的心不由一热,也许她没有多少机会用它,但在心里,她知道爸爸是想告诉她:有了新家,不要忘了老家。这儿的家门永远对她敞开着,就如同爸爸妈妈的心里,永远会为女儿留个地方。在那儿,她仍是并将永远是爸爸妈妈长不大的孩子,一把朴实无华的钥匙牢牢地把他们拴在了一起。

后来,在电视上看到一位外国友人被某城市授予了荣誉市民的称号,并得到一把象征该城市的金钥匙。我知道这仅是一种形式,但这把钥匙却传达着一种特殊的超越了语言文化的东西——你在这儿是受欢迎的。

突然,心里沉淀的所有关于钥匙的记忆都复活了。心里陡然生出一种强烈的愿望:愿天下人都有属于自己的一把把钥匙,包括人生旅途中暂时拥有的这一把,并通过这一把把钥匙找到自己在生活中的位置。

胃已开始想家,不管我愿不愿意承认
Homesick

日子现在安排得很充实,找个与学校近在咫尺的住所看来是明智之举。图书馆环境很好,可以随心所欲地看书。现在晚上也愿意在那里待到八点多,出来天还亮着。

入乡随俗,也是为了方便起见,现在早上都面包牛奶了。毕竟和人家共用一个厨房,太大肆铺张了,似乎有喧宾夺主之嫌。况且人家早饭很简单。有时特别想喝碗清粥什么的,但想想又懒得,一个人见不着。

面包我买的是那种黑乎乎上面可见谷物颗粒的,拿在手上沉甸甸。虽然国内也有杂粮面包,但上面只能隐约见到些没有加工完全的谷粒,完全是为了秀的感觉。不喜欢那种精面加工的雪白的面包,虽然口感不错,甜甜的,但感觉没有粗粮健康。在这里,面包种类实在太多了,你想到想不到的它都应有尽有,可选的余地很大;而米的种类相对就少得多,明显是针对小众的。即便在华人店里,多的也都是泰国米、日本米,中国人总有些吃不惯。牛奶之类的奶制品也是种类繁多,黄油奶酪更是铺天盖地,分得极细,各种牌子和口味总有一款适合你,因为是日常品,也不算贵。肉的品种也多得出奇,各个部位、各种形式加工得十分完备,最多的莫过于牛肉和鸡肉,熏制的肉也很多,相对来说价格也还好。最受不了的倒是绿色蔬菜,因为都是进口的,贵得离谱。国内一把芹菜最多人民币一块五吧,这儿只有五分之一的量,却要十来块,还有水果也都比较贵。其实也不是吃不起,就是一开始接受不了那种 price shock(价格冲击),动辄会在脑子里飞快地把英镑价格兑成人民币,再和国内价格做比较,不由发出惊叹:Oh, my God!(我的天!)但每天的食物中一旦缺了绿色,自己都会心慌,后来一想,"When in Rome, do as

Romans do"（入乡随"俗"），在这儿就只想着英镑，不做数学计算了。我本来数学就不好，何必老想着换算呢，给自己找不自在嘛。再说在国内时懒得做饭，出去混一顿，也是常有的事，败家的东西也买了不少，偏到国外节俭起来了。思想一旦解放，就立即付诸实施，再加上先生那"不要亏了自己"的叮咛，立马冲到当地比较大的一家超市 Sainsbury's 血拼，不光买了许多绿色，还尝试了一些国内不曾看见过的菜，既然出来了，多尝试不同吧。

其实我发现中国人出国都有这个心理，一开始总觉得东西奇贵，本能地开始节省，恨不能把能省下的都省下。但慢慢就放开来了，到最后回国前，变得花钱如流水，买起奢侈品眼睛都不带眨的，倒是让英国人瞠目结舌。我觉得造成这种状况的一个重要原因在于严重缺乏安全感。一方面英镑与人民币一比十几的悬殊汇率很容易造成人的"自卑心理"（这里严重抗议下人民币被严重低估的现实）；另一方面，初来乍到，开始的花销比较集中，不确定因素也多。独在异乡，举目无亲，出于自我保护的本能，人会通过身上的钱和卡获得相对的安全感。但随着对价格冲击的适应、对周边环境把握能力的增强、随着回国日期的临近，突然发现还有那么多英镑没花出去，还有那么多礼物没着落，就不免有些疯狂了。

Fiona 有一次跟我说起过一个曾经寄宿在她家的中国女孩。这孩子平时吃什么都摇头皱眉，到哪儿去都打不起精神，直到有一天从伦敦回来，平时脸上的阴霾一扫而光，眼中放射出少有的光芒。原来女孩不虚此行，血拼了一堆东西，其中一个小小的镯子就花了 300 多镑。Fiona 讲到这儿露出了一副难以置信的表情。我心想，这算什么，现在的中国人，尤其是富二代，消费能力远不是她能够想象的。但这样真的很好吗？

当然我只是普通工薪阶层，对奢侈品也不讲究什么品位。尽管知道一些大牌在这儿会便宜许多，但似乎也没有什么热情，因为本来在国内也不会去买，所以完全可以把自己每天的生活搞搞好。在我，这个可以有。

值得庆幸的是,这次来英国带了一个迷你电饭煲和一个小电炖锅。每天四把米够我吃一天的。高兴了,还能在煮饭的同时炖一份蛋羹。昨天还用它做了咸肉胡萝卜青菜饭,Yummy!(好吃!)小电炖锅多用来烧水,也可以煮点麦片什么的,最适合煮方便面,但觉得没营养,很少吃。韩国店的豆腐豆芽很不错,我常买了和从家里带来的木耳、香菇、黄花菜再加点肉一起炖,当然关键是要放一些麻婆豆腐的调料,味道好极了。早上一般吃烤面包,但一定要涂上厚厚的花生酱或蜂蜜,喝杯牛奶,吃点水果,高兴了再煎个蛋或吃些火腿肉。吃完泡杯茶,扔点枣片什么的。边吃边悠闲地看外面的风景。在我,这就是"Eat like a king or queen"(吃得像国王了)。

昨天在超市门口买了两本二手书,都是小说。一本是艾玛·布莱尔(Emma Blair)的《苏格兰之花》(Flower of Scotland),另一本是伊恩·麦克尤恩(Ian McEwan)的《赎罪》(ATONEMENT)。厚厚两大本,够我读一阵了,一共才花了一个英镑。这个真不贵。所以我的结论是:即便钱不多,也可以过得比较惬意。不过昨晚梦到红烧肉了,胃已开始想家,不管我愿不愿意承认。

剑 桥 小 镇

Cambridge, a Little Town

我是一个方位感很差的人,在陌生的地方三转两转,往往就有些摸不着北,把自己弄丢的事也时有发生。老公和儿子对此都极为不屑。但在剑桥,我却或多或少生出点盲目的自信来。因为即便走岔了,只要你记住几块散落在城市的绿地,几座特色鲜明的教堂和几条城市主干道就不用过于担心,大不了绕点路,总会峰回路转、柳暗花明的。

我说的绿地其实就是大片的草坪,比如米尔路和帕克路交汇处有帕克绿地(Parker's Piece),又比如伊曼纽尔路(Emmanuel Road)和国王街之间的克莱斯特绿地(Christ's Piece)。这种绿地就像城市的绿肺,行色匆匆的人们走到这儿不由地就会放慢脚步,深深吸一口清新的空气。绿地周围有供路人休憩的椅子,绿地中央交叉着辟出路来方便行人穿越,所以有人打这里经过,有人在这里休闲,天好的时候人们都喜欢汇聚于此,满眼的阳光、绿色和心情放松的我你他。

教堂是一个令人好奇的地方。在剑桥这个不大的地方,教堂几乎无所不在,并且深入城市的大街小巷。米尔路上就有一座。我目前只到过国王学院对面的大圣玛丽教堂(Great St. Mary's),但每次走过教堂,我还是会生出很多感慨。这些教堂多半都带着岁月的痕迹。灰色的砖砌墙面安静、庄严,不事张扬,却让你无法忽视它的存在。岁月赋予了它一丝沧桑,历史却给予了它一份从容。任时光飞逝,岁月荏苒,任时代交替,思想变更,它就那么静默地站在那里,代表的是一种信仰、一种精神。在这个缺乏信念、精神空虚的现代社会,教堂在无声地实践着敬畏和自省。

米尔路、新市路(New Market Road)和东路(East Road)是剑桥东

边的几条主干道。

米尔路上有老城区的商业中心，汇聚了一大批特色商店。剑桥东边的新市路则集中了一些大型超市，剑桥两个最大的超市 Tesco 和 Asda 都在那儿。周围还有一些品牌化妆品店和服装店。

格拉芙腾中心商业区(Grafton Centre)位于剑桥东北，有几十家商店，集服装百货娱乐为一体。

剑桥中心商业区却位于剑桥大学的国王学院附近。据说店铺有八九百之多，主要针对游客，但我觉得最有趣的还是大圣玛丽教堂后面的一个自由市场(Free Market)。卖什么的都有，从水果、蔬菜、美食到旅游纪念品、工艺品和二手书，应有尽有。来逛的除了游客，还有不少剑桥的师生，在这里四处转转，十分轻松惬意。

我的出发点似乎永远是米尔路，因为先后两个住家都紧靠着这条路，而 ARU 的大门虽然面对着东路，但在米尔路边上的麦肯斯路可以看到它的西门。所以我的生活就是以此为中心向外扩展。

米尔路是条商业街。沿街的都是特色店，特色是其主打。最多的当然是各色餐馆，可以说各种风味应有尽有。特别是亚洲和中东的，当然比萨店也不少。衣食住行，这条路能满足你几乎所有的需求：从邮局、自行车铺、蔬果店、花店到干洗店、房屋中介、书店、影像制品店，反正生活的方方面面它都照顾到了。它之所以为许多华人津津乐道，还因为这里有两家供应中国食材的小店，一曰美珠，一曰永辉。还有一家叫"上海之春"的小吃店。

这条街上没有大的超市，但一些超市把连锁店也开到了这里，只不过以便利店的形式存在。如英国领先的零售商"特易购"(Tesco)虽然有特大店、标准店和城市店，但在这儿只开有便捷店(Tesco Express)。

米尔路很窄，但很长。说它窄，是因为它只有两车道；说它长，因为它像一条飘忽的丝带，如果步行，她会把你带出很远。长虽长，但因为两旁小店林立，走在这条路上你绝不会感到乏味。高兴了，随手可以推开一扇门。

当地的建筑颜色都相对低调，反而显得雅致耐看，和自然很协调。

米尔路上有座桥,每次走过,目光都会被桥上五彩斑斓的装饰画吸引。不同的色块大胆地冲撞、交织,却又形成了一幅独特而和谐的画面。不知时尚界流行的撞色是领导了还是迎合了这种潮流,那种最初的冲撞也许正隐喻了不同文化间的差异和冲突,而之后的融合却不以失去自我和个性来成就。上面的一行字也许正道出了其中的真谛:"respect and diversity in our community"(社群里的尊重和多样性)。形形色色的人走过这里,不同的面孔,不同的语言,要和平共处,就要领会多元文化所必须遵循的这个基本原则。这句话既是对当地人说的,也是对来自五湖四海的人讲的。就连 ARU 的小册子上也一再强调"We do not judge"(我们不对人做评判)。不是有这么句话吗:"我不同意你的观点,但我誓死捍卫你说话的权利",这其中回响的是一种胸怀、一种包容、一种自信。希望这不只是一种政治正确的说法,而是一种深植内心的价值观。

帕克绿地

二路公交是频繁穿梭于这条路上的城市公交,向北,车上显示科学公园(Science Park),往南则是阿登布鲁克(Addenbrooks),基本方向清楚了,就不用担心。

这条路经常让我想起苏州的十全街,那条街也很窄,是条步行街,两边也都是特色店,井然有序的样子,显得十分精致。来来往往也有不少游客和外宾。因为离苏州大学本部只有几步之遥,年轻学子也常来光顾。两座城市的文化气质应该有颇多相似之处。

ARU 图书馆的人性化服务
The Library User-Friendly Service in ARU

先是吴老师度假,后来又是 Clare,直到昨天我才到学校完成注册,从今天起就可以借书了。今天在海尔默学院(Helmore)的外事办(International Office)门口碰到了广东工业大学的三位老师。他们到了有一周时间,住得很远。交谈之后我发现他们来英国前居然就办好了申根签证,也就是说可以去欧洲大陆跑一圈。我也很向往罗马、巴黎、瑞士,但感觉一个人就不必这么疯狂了,等什么时候一家人去也许更有意义。留点念想,人生才会充满期待嘛。

ARU 图书馆

今天我准备去泡图书馆,访学才是正事啊。

第一次进图书馆,不免有些陌生。找了台空着的电脑,用刚拿到的"学生"证(university ID card)进行登录,很顺利进入了学校图书馆的主页。关于"如何有效使用图书馆"这个问题,该页上有着连篇累牍的说明。各个环节分得极细,所有你想问的问题在这里都以一问一答的形式给出非常详尽的解答;如果你还有问题,它会再给你提供一个针对这

—具体问题的相关链接;如果还不明白,它告诉你:还可以打如下电话或发邮件给这个地址……

你可以觉得它啰嗦,也可以嘲笑它有些问题近乎白痴,但你不得不承认它非常人性化。所谓人性化,就是完全以人为本,想你所想;不光想这部分人所想,还要顾及那部分人;不光满足这方面需求,还要努力创造条件满足另一种需求;不光想到你想的,还要想到你没想到的。这种人性化的体现便是图书馆"以方便师生为己任"的服务意识,而非高高在上、自说自话。

英国超市

The Supermarkets in the UK

今天周末，我去逛 Tesco。

发现这边的大超市一般位置较偏，但都是一站式（one-stop shopping）。当地人习惯开着车去把一周的东西买回来。超市门口的停车场很大，难得的是在地面上停车不需要技术，方便；整个超市只有一层，不需要坐电梯转来绕去的，还是方便。国内的超市多在中心位置，而且和一些招租的店铺搞在一起，指望着互增人气。但这边超市就是超市，很纯粹。

我逛超市，买东西倒是其次，毕竟一个人吃的、用的都有限，我主要对一些新奇商品感兴趣。所谓新奇，就是我们那儿没有或即便有而种类也比较单一的商品。虽说全球化的结果是世界各地的人越来越像，从吃的、喝的到听的、看的、用的。但在英国的超市里你仍然可以发现很大的差异。

这种差异首先是不同生活方式造成的。就说食物，它这边以肉食、乳制品、面食、土豆为主，所以这类产品非常强大：种类多，加工细，配料丰富。各类厨房用品也自然和它们的烹饪方式相匹配。但有趣的是，其中居然还有秤、计时器、量杯的身影。搞不懂的是，英国人把实验室里的器材和研究科学的态度都一并搬进了厨房，不可谓不认真，但厨艺上的口碑怎么还是那么差。我们中国人凭感觉，那做出来的美食……天赋啊！忍不住要自豪一下。

其次，文明发展的一大结果就是产品极大丰富，分类趋向精细，以满足不同人群的各种层面的不同需求。就说一些我们熟悉的洗化品牌吧，像什么欧莱雅、玉兰油、海飞丝、潘婷什么的，这儿的品种明显要多。

总之，只有你想不到的，没有它没有的。

最后，英国超市里进口商品特别多。欧洲大陆的自不必说，它的供应商简直遍布全球。尤其是蔬菜，感觉欧洲大陆就是它的菜园子，它自己则变成了草坪和花园，这也因此导致英国餐桌上绿色的都比较贵。

作为英国最大、全球前三的零售公司，Tesco 的促销随时都在进行中。蔬菜瓜果更是根据新鲜程度随时调整价格，有直接半价的（half price），也有几个品种捆绑后作一揽子销售的（package selling），还有在指定商品中任选两个后再白送一个的（3 for 2）。"母亲节"在即，商家自然又有许多针对性的促销。厚厚的一本商品目录更是免费赠送，这是为电话和网上订购准备的，其图片之精美、目录之详细完备都令人赞叹。

之前去过 Asda 和 Sainsbury's 两家超市，发现他们的口号有异曲同工之妙。Tesco 的口号是"Every little helps"（省一点是一点）；Sainsbury's 的则是"Live well for less"（活得滋润，花得少）；而 Asda 更直接"Saving money every day！"（省钱每一天）看来省钱才是王道！是在消费市场制胜的不二法门。

走出 Tesco，风中飘过一阵……那什么牛粪的清香，举目却不见牛的踪影。想象中，这家超市的乳肉制品没理由不新鲜、不丰富。有超市这么亲近自然的吗？

浮生一日

What a Day!

星期天,阳光灿烂,我计划去逛市中心的狮场(Lion Yard)和自由市场(Market Place),却与一场剑桥的体育盛事不期而遇。3月11日,剑桥市主办的一场半程马拉松赛事(half-marathon in support of Cancer Research UK)正在火热进行中。该比赛旨在为英国癌症研究募捐。为方便更多的市民和游客参与,比赛在市中心举行。沿康河,途经剑桥最著名的一些景点,包括剑大很多学院的后庭,国王学院门前,集市广场和教堂,最后在剑桥的另一块绿地——仲夏绿地——结束全程。为此市区很多路段都实行了封闭。我正好走到国王学院对面的自由市场,突然听到人群发出阵阵喝彩,就见运动员正陆陆续续地从国王学院门前往这个方向跑过来。看他(她)们胸前的号牌,大概有三千多人参加,男女老少都有。旁边一个大概是工作人员,不停地为每一个跑过的运动员加油:"Well-done","Nice job","Keep it up","Over half-way"("加油!""干得好!""保持!""跑程过半")人群中也不断有人举牌欢呼,为朋友助阵。人声伴着大圣玛丽教堂塔楼的钟声,在这样一个周日的早上,令人陶醉!

观察了一下,大多数跑马拉松的人体型都是羚羊型,虽然瘦但肌肉结实,奔跑轻盈,精干有力。都说英国人保守,其实他们也很前卫。就算在比赛,也要标新立异:一位把头发染成了绿毛龟;另一位披了超人的斗篷;还有一个高高大大的男士,居然是《天鹅湖》里小天鹅的洁白造型,令围观的人们忍俊不禁。今天这个日子撞得太好了,天气出奇地好,春意融融,让人觉得剑桥人是以这种方式在迎接春天的到来。

剑桥的半马赛事

下午本打算在家休息,林老师打电话来,说一起去逛逛吧。这么好的阳光,全剑桥的人好像都倾巢而出沐浴在阳光下,待在屋里会觉得辜负了这大好春光。本来说要去著名的格兰切斯特果园(Grantchester)喝下午茶的,因为有些迟了,我们就去逛了 Trumpington。剑桥最古老的一所学院——彼得豪斯学院(Peterhouse)(1284 年)就在这条路上,这所学院同时还是剑桥大学传统学院中规模最小的一所,所有师生加起来不足 500 人。之前听说这个学院是不让游人进的,但也许是周末,我们居然堂而皇之地进去了。著名的墓园派诗人 Thomas Gray 曾居住于此。这个学院和小圣玛丽教堂(Little St. Mary's Church)相连,教堂左手边是美国第一任总统华盛顿的叔祖父 Godfrey Washington 的纪念碑。

接着我们又去了彭布罗克学院(Pembroke)(1347)。英国最年轻的首相兼诗人威廉·皮特(William Pitt)的雕像至今仍端坐在学院的图书馆前。

这些学院给人的印象大多古朴典雅。厚重的是建筑、历史和文化,清新的是一片一片醉人的绿色草坪,二者交相辉映、相得益彰。每个人都会由衷地发出这样的感叹:在剑桥大学读书是多么幸福的一件事!就像古董原是珍藏起来偶尔供人赏玩的,而对剑桥的学子而言,它们就是每天的日常家用,奢侈吧?

从彭布罗克学院出来,林老师介绍我去了老鹰酒吧(Eagle Bar)。这是家传统的英式酒吧,就在市中心的小巷里,周围是几所著名的学院。临近傍晚,酒吧已经开始热闹起来。环顾四周,从椅子、墙壁到火炉,都镌刻着历史的痕迹。据说学者 Jame D. Watson 和 Francis Crick 就是在这儿向众人宣布他们关于 DNA 的重大发现的;老鹰酒吧受人瞩目的另一个原因是它的天花板上满是用打火机灼出的名字。这是二战期间英国空军在出征前留下的;墙上则挂着他们的黑白照片,照片里是一张张年轻的面孔,他们中有多少人后来把生命永远地交付给了长空呢?回顾历史,最易让人感慨万千,但宏大叙事背后最能打动人心的还是一条条鲜活的生命以及他们的故事。

也是在这儿,我第一次尝试了英国传统的炸鱼薯条(fish&chips)。一个大餐盘端上来,挺大的一份,有一条面裹的油炸鱼,一堆炸薯条,大大小小很不规整,和肯德基那种整齐划一的薯条不一样,还有两片面包。所有这些都没有什么味道,主要靠各种蘸食的调料。炸鱼上挤柠檬汁,面包蘸奶酪和豆粉酱,薯条就着番茄酱,味道只能说一般吧。在这儿,也许吃什么不重要,体会历史、享受特有的氛围才是人们对它乐此不疲的原因。

晚上又碰到了王老师,我们三人一起去圣三一教堂(Holy Trinity Church)体验了一把。教堂显然对所有人都是敞开怀抱的。一进去,就有人招呼你。主持今天活动的是教区牧师 Rupert Charkham,他之前在南非、新西兰和英格兰东部的 Norfolk 传教两个多月,刚回来不久。为欢迎新到者,牧师安排了一个互相问候认识的环节,相当于预热(warming up),前排的人非常热情地和我们打招呼,并帮我们把圣经翻到相关章节。之后是全体起立,唱圣歌。台上有领唱、伴奏,两边还有字幕。教堂高大堂皇,灯光祥和宁静,歌声高亢神圣,有人还高举着手臂,向上帝表达虔诚和赞美,非常投入的样子。接着助理牧师 Diana 讲"十诫"中的"觊觎"一词(covet),她讲得十分精彩,从人性的角度看也不无道理。最有趣的是举例居然还举到 Nicodemus,我们课文里曾讲到过这个人。讲完后,又是唱圣歌,接着总结,提醒下面的人自省,还要人们上去谈感想,我们看时间不早就离开了。

宗教是一种意识形态,它试图以一整套的理论来阐释这个世界并给人提供认知世界的另一种方式。它要求人敬畏、感恩、扬善惩恶,给人一种寄托和抚慰,这都没什么不好,只是对现代人来说,它一味地对人进行道德评判(judge),要人顺从,难道真的是人类一思考上帝就发笑?但抛开一些宗教教条,教堂特有的气氛还是给我留下了很深的印象:宁静祥和,又充满了警示,还不乏激情。

回来时已是晚上八点多了,从帕克绿地穿过,整个草坪黑乎乎一片,人也稀少,头顶的星星倒很亮。好在周围还有些许灯光,但和白天阳光下人们在草坪上奔跑嬉戏的情景反差特别大。从一大早马拉松比赛的动到晚上圣三一教堂的静,真是美好的一天!

失去语言，我们将会怎样？
Unplugged: A Day without Words

最近，我读到一篇有趣的文章。住在纽约曼哈顿的安迪·马丁博士(Dr Andy Martin)发现：日常生活中，人对语言不仅极度依赖，而且几乎上瘾。为切实了解人对语言文字的依赖程度，他做了个实验：New York, Unplugged: A Day without Words。像现代人拔掉插头，以示和所有电器、电子产品绝交一样，这位先生在一天的时间里通过沉默和停止阅读规避所有和语言的接触，结果发现失去语言支撑后的自己就像赤身裸体地走在大街上，手无寸铁，脆弱无比。

我由此想到自己孤身一人踏入一种异质文化时的最初体验：有如处于失重状态中。走在大街上，深一脚浅一脚的；周围很热闹，但好像都和你没有多大关系；有强烈的在别人地盘上的感觉，有新奇感，没有亲切感；眼神空洞而落寞；语言更多地酿成了文字而不是日常的会话，这种急于在文字中诉说心情的努力是在寻求一种平衡吗？我想是的。只是随着时间的推移，这种感觉在一点点消失，慢慢的，就自在了，甚至自得其乐了。

应该说这位博士做的实验并不彻底。他是在生于斯长于斯、耳濡目染、最熟悉不过的环境中人为地体验一种没有语言的状态，不免有些做作和矫情。而我这种体验也不尽彻底，因为这种语言和文化对我而言并不完全是陌生的：大街小巷的文字我都认得，耳旁一经而过的对话我也能猜得几分，看到古迹还会生出些历史文化的联想，出门在外可以通过语言寻求他人的帮助，还有无所不在的庞大的网络随时提供强大支持，住家也是一个交流信息的渠道，再不然随手一个国际长途拨出去，或在对的时间打开 QQ，一瞬间你和家人朋友几乎没有距离。

如果进入一种完全陌生的文化,但失去了语言这根拐杖,没有电话,没有网络,没有朋友,周围的文字有如天书,他(她)会有一种怎样深刻和痛苦的心理体验呢?对未知的恐惧及安全感的丧失会不会在一瞬间将人吞噬掉?那样走在街上会不会像一片树叶,随时有被吹走的感觉?

ARU 校园

我们生活在一个世界里吗？

Are We in the Same World?

我最近浏览了一本叫《文本分析》（*Text Analysis*）的书。作者指出，在对不同文化的态度上，现实主义的主张是：只有自己所在的文化准确反映了现实，其他文化好像都有问题；结构主义则认为，不同文化间的差异远没有我们想象得那么大。表面上，不同文化对于世界的理解诠释似乎不尽相同，但实质上却有着共同的结构或内核，全世界的人其实大同小异；后结构主义则认为，不同文化对于世界的解读是不一样的，不能简单地认为谁对谁错。在某种程度上，不同文化的人经历的现实存在着巨大差异。

我想后结构主义对于文化和现实的解读恐怕更接近事实。这个世界是一种客观存在，但它在我们主观世界里的投影却千差万别。这和每个人生活的地域、文化、家庭及个人成长经历、身体、性格、价值观及所受教育都密不可分。虽然有一些普世的价值，比如爱国、亲情、爱情、友谊，又比如对真理、幸福的永恒追求，但我们仍然生活在不同的世界里。国人心目中的康河无不是徐志摩笔下流淌出的，几多深情几多浪漫；而在格兰切斯特喝下午茶的英国人心中总不免响起爱国诗人布鲁克（Brook）那句"Stands the Church clock at ten to three? And is there honey still for tea?"（教堂的钟指向了 2∶50，果园是否还有喝茶的蜜糖？）

但即便在同一种文化中，我们生活其间的世界也不尽相同。性别，人说男人和女人是生活在不同星球上的动物；年龄，这就是为什么我们会发明"代沟"一词的原因；工作，所谓隔行如隔山；阶层，大雪纷飞，楼上小姐在吟诗作赋玩风雅："再落三寸方成景"，而无家可归的流浪汉却在发愁:"老子怎得过今朝?";性格和经历,相同的经历有更多共同语言,同病易相怜,性格相近也更易认同;爱好,这就解释了天南海北的人舍近求远在各种群里寻找知音;宗教,不同宗教的人各自有一套属于他们自己的诠释世界的方式;地域,为什么说老乡见老乡两眼泪汪汪,终于见到说自己话、吃自己饭的人了;性取向,没有所谓的组织,但不同的人自会聚拢在一起,不是有许多同志酒吧吗?

凡此种种,你能说每个人眼里的世界是相同的吗?我们生活在一个世界里吗?

天 天 美 食

Seven Days

今天周末和两个朋友去了一家中餐馆。餐馆是一个东北人开的，楼上楼下，店面还不小。中文名叫"天天美食"，英文名叫"Seven Days"。我觉得这个翻译很有意思，它兼顾了两种文化不同的侧重点。对英国人传递的是类似"周末不打烊"的信息，总之餐馆一年无休。这个充分体现了中国人吃苦耐劳的特点，更重要的的是，和其他一些餐馆尤其当地人开的动辄假日不营业的餐馆相比，体现了自身的营业优势，但起个相应的中文名再用"天天营业"作为卖点就意义不大了。毕竟对国人而言，美食才是最吸引人的，所以起名"天天美食"，意思都在里面了。我们这不慕名而来了吗？

据说平时还有自助餐，六个"胖子"（英镑 Pounds 的谐音）也不算太贵。一进去都是熟悉的中国面孔，偶尔还听到了老板的东北口音。我想也就别装了，直接跟服务生说中文，人家笑眯眯的，也很习惯。菜单拿上来，沸腾鱼，咕老肉，葱爆羊肉，宫保鸡丁，扬州炒饭……应有尽有。抬头，中国传统的木雕装饰；低头，熟悉的中国碗筷。一时间，都不知身在何处了。

来这儿的中国人居多，也有介绍外国朋友来的，有个老外，带着一家老小，吃得很享受的样子。有学者说过，乡愁既是一个时空概念，也是一个文化概念。乡愁，是潜藏于人心底的一种思念情绪，一旦远离故土，便会或急或徐涌流而出。乡愁一般可分为三个层次：第一层是对亲友、乡亲、同胞的思念；第二层是对故园情景、故国山河、旧时风景的怀念；第三层也是最深层的，是对历史文化的精神眷恋。说的真好，所以咱吃的不是中国菜，是乡愁啊！

美好一天里的"糟心事"

After All, Tomorrow Is Another Day!

在经历了绵绵阴雨的周末之后,周一终于迎来了一个阳光灿烂的早晨。也许是高纬度的关系,英国三月末的阳光已经很耀眼了,坐在西窗的桌前,居然不得不拉上窗帘。

自从搬来这家,我就担负起了早上送房东孩子上学的任务,做母亲的人对孩子天生没有排斥感,而且觉得自己时间机动性强,早上只当步行锻炼一趟,藉此了解一下英国的学校和孩子。但几天下来,却发现原先的想法有些简单。

两个孩子是双胞胎,只有 7 岁,性格迥异。Philip 完全是模范生的样子,虽说他是理论上的弟弟,但怎么看都像哥哥,一言一行都起到表率作用,临出门前,还不忘提醒哥哥带书本之类的,如果单送他上学那完全不用担心。但那个哥哥 Alan 就完全沉浸在自己的世界中,想干什么就干什么,完全不听调遣。上学的路上,我们走左边,他就走右边,一会儿拖拉在后,一会儿又狂奔在前,总让人提心吊胆。有很长一段时间,我感觉他们家只有一个叫 Alan 的孩子,实际上是三个,还有一个 15 岁的姐姐 May。因为整栋房子一早一晚都充斥着他的声音,父母也基本围着他处理各种状况,所以 Alan 长 Alan 短的,而他大多时候都对爸妈的各种要求大声地报以"No",因为不是自己的孩子,而且考虑到不同文化的教育理念,我不能严厉,但哄的效果似乎也不好。第一天出门前我就跟两个孩子强调:"Safety is our top priority."("安全第一")Philip 对此没有异议,Alan 立即大声反驳:"Going to school is our priority."("上学第一")弄得我哭笑不得。之后不是临出门找不到衣服,就是该带的小本子不知放哪儿了,总之要围着他忙个几分钟才能顺利出门。几次他磨磨蹭蹭,我不得不反复催促,一下又回到了儿子小时候;接下来他又开始一路狂奔,我们在后面追得气喘吁吁。有时我疑心他这么做是为了得到更多的关注(attention),因为在家里他已成功地通过不断制造麻烦(trouble-making)成了全家的中心人物。我现在不也把Philip放一边,一路主要关注他吗?前两天我还让他妈妈跟他强调一下安全问题,一早一晚我也听到他妈大声地跟他嘱咐路上不要乱跑,可今天还是出事了。

一早在路上Alan还是老样子,忽左忽右,还狂奔。好不容易都到学校门口了,一个没注意,在马路牙边绊了一跤,还把紧随其后的Philip也绊了一跤。Philip爬起来拍拍灰没事,Alan立即大哭。把他抱起来,发现脸上蹭了块皮,隐隐有些血,我也有些慌了,他又是要妈妈又是要回家的,连老师都来了。我先是哄他,接着打电话给他妈妈通报情况,然后和他一起去校医务室。

其实也不算医务室,门上贴着"急救处理"(First Aid),估计小孩经常有类似事情发生。不严重的话,就在这里做简单处理。很小的房间,有张床,有个水池,有张柜子,估计是放一些急救包之类的。负责的那位女士简单问了下事因,说本来要填张单子,既然有我这个大人在,就让我通知下他父母,然后开始帮Alan处理。说是帮,其实她自始至终都没有亲自动手,而是不断发出各种指令,如脱棉袄、洗手、捞袖子、清理伤口(消毒棉)、敷冰块。像所有暂时不用上学的孩子一样,Alan此时已忘了疼痛,开始兴奋起来,而且"呱啦"个不停。我听那个老师说:"Do not talk, because when you do that I cannot concentrate. OK?"(不要讲话,否则我没法集中思想)随后老师让我回去,说孩子可以回班上课了。我看Alan外套都没穿好就要出门,就习惯性地帮他穿,这时就听老师说:"Let him do it."(让他自己穿。)更让我吃惊的是,她居然操着不太熟练的中文接着说:让他——自己——来。看来中国人这个问题比较普遍。

我回想整个过程,老师一直是让孩子自己在处理。有时我担心

Alan 只是很敷衍地用酒精棉擦试了下伤口,冰块也没放在伤处作一定时间的停留,因为他心思已全不在上面了。但老师就是不动手,而且也不要我帮他,这个在国内是不多见的。我们的家长遇到这样的事多半会大惊小怪,而且会不遗余力地帮孩子做这做那,哄他照顾他。在这儿,至少在学校,老师的态度很鲜明:一切自己来。这样培养的孩子应该更自立吧。

回来的路上,阳光还是很灿烂,一棵樱花树下落英缤纷,本来一切都很美好,但心里怎么都觉得有些堵,毕竟人家把孩子交给我还没几天就出了这么件不大不小的事,今后的安全有保障吗?我发现自己并没有那个掌控力,特别是孩子狂奔的时候。但又不想因此打退堂鼓,现在撂挑子,人家怎么办呢,而且也显得无能,但我又觉得责任重大,担心……好纠结啊!

前一阵一直计划和新认识的两位老师去苏格兰一游,票都买好了,而且是三个人共用一张预订单(Reservation),酒店也订好了,回来的路上却接到电话,好像因为一些原因不能成行了。

两件事都发生在一个阳光灿烂的早上,不免添堵。我告诉自己:发生的已经发生,积极面对吧。Tomorrow is another day!(毕竟明天又是新的一天!)

大英博物馆

British Museum

18世纪,塞缪尔·约翰逊博士(Samuel Johnson)就曾不无骄傲地说过:"When a man is tired of London, he is tired of life; for there is in London all that life can afford."(如果一个人厌倦了伦敦,他也就厌倦了生活,因为伦敦可谓应有尽有。)我打算这个周末乘着春光去看看英国人嘴里那个"dear old London"(亲爱的伦敦)。

伦敦不是可以一览无遗的,这次的主题是"走进伦敦"——参观大英博物馆,顺带了解伦敦交通。

从剑桥坐火车到伦敦不过50分钟。

大英博物馆(The British Museum)位于伦敦中心的布鲁姆斯伯里区(Bloomsbury)。从国王十字车站出来,坐地铁,再走不久,那个由八根巨大的罗马式石柱撑起的巍巍然的建筑就在眼前了。世界范围内与之并驾齐驱的还有纽约的"大都会艺术博物馆"和巴黎的"卢浮宫"。它的中文译名"大英博物馆"无疑替它在国人心中平添了不少气势。

博物馆,"博"字当头,大英博物馆是无愧于这个名头的。进门先是站在一个巨大的穹顶之下,这个大中庭(Great Court)位于大英博物馆中心,据说是目前欧洲最大的穹顶广场。顶部由许多形状奇特的玻璃片组成。阳光穿顶而入,一切显得异常明亮,这光芒随之将照进历史,让我来一次文明和历史的穿越,一次梦之旅。

从欧洲到中国、日本、东南亚,从古埃及到罗马、希腊,从中东到非洲、北美,从远古到中世纪到启蒙时期到现在,从钱币到钟表,从书籍手稿到动物标本,从艺术藏品到珍宝古玩,说不尽道不完。

也许只能用"眼花缭乱"、"不可思议"来形容这次穿越,因为即便是浮光掠影般的浅尝辄止，你也会感到绝望：仅凭个人有限的感官和大脑，实在无法消受这种丰富和厚重。文明隔着岁月和我们对话，我们又能明白多少呢？

最无法抵挡的还是来自古老文明的召唤，古罗马遗迹、古希腊雕像、埃及木乃伊及中国的瓷器吸引了最多的游客。埃及馆里满满的都是古埃及人对死亡和来生的思考，说明文字里充斥着 mummy, corpse, after life, death, funeral（木乃伊、尸体、来生、死亡、葬礼），尤其看到那一具具木乃伊被古埃及人上升到哲学和美学的高度，真的让人叹为观止。中国馆里更是有若干个展厅。青铜、瓷器、经卷、古画、出土文物，还有数不尽的古玩珍宝。很多中国人在这里徘徊良久，想必心情也是极其复杂的。观察下来，各国游客最热衷的还是自家的展馆，只是看自己的宝贝却要跑到英国的博物馆，每个人心里都会有些反思的吧。有趣的是，几乎所有民族的文明都涉及战争、宗教、日常起居和审美，这看来是人类的共性。

伦敦之行，大英博物馆给我留下了很深的印象。这个博物馆从内部装修、藏品分类整理到文字说明的编撰、文物的展示和维护无一不需要大量金钱投入，而它是免费对公众开放的，还有诸多免费讲座。在英国经济并不景气的今天，荣光之外，想必也是有很多不足与外人道的尴尬。所以博物馆也想方设法开辟创收的途径，其中之一就是发放会员卡，有针对家庭的，也有针对青少年的，既普及文化，增加影响力，又提高收入。尤其是针对8至15岁孩子推出的 Young Friend（青年会员卡），一年只需18英镑，就可以享受诸多福利，甚至有机会一年6次夜宿博物馆，与之零距离接触。

这次经历的确让人大开眼界。在这里，有一段时光，你远离了现代生活的繁华、浮躁和喧嚣，得以静静沉入历史和岁月的长河，不管你看到了多少、感悟了多少、收获了多少，你都不虚此行。因为有限的生命可以藉此得以拓宽，这里的每一件展品不光漂洋过海还穿越了长长的历史隧道，每一件都饱经风霜，每一件都有故事要说。不知为什么，现代人浮躁的灵魂竟可以在这些千年的古物里得到滋养和慰藉。走出博物馆时,我忽然有种恍若隔世的感觉:世上方一日,馆中已千年。

这天剩下的时间,我和同伴就坐地铁去逛公园,因为格林公园、海德公园、詹姆斯公园都在那一带。天气晴好,春光绿地,鸟语花香。奔跑的孩子,依偎的恋人,一切都让人赏心悦目。一路行来,居然被人指引到了白金汉宫(Buckingham Palace)。王宫周边游人如织,小松鼠及各种飞鸟点缀其间,花儿一树树、一丛丛,在风里呈现出动漫中才有的唯美画面。

维多利亚女王像上的金色天使格外引人注目。王宫大门紧闭,但我们还是看到了戴黑帽的皇家卫兵,只是没有看到皇宫上方飘扬的英国皇室旗帜,看来女王不在宫中。

接下来,我们继续探索的步伐,终于来到了大本钟和与其连为一体的英国议会大厦前,近在咫尺的还有西敏寺大教堂。这组哥特式建筑气势磅礴,有如一帧发黄的旧相片,古意盎然。6点整,大钟报时,钟声悠远而沉静,黄昏时分,久久回响在每个人的心头。

伦敦——自然的伦敦,人文历史的伦敦,现代的伦敦,令人沉醉的伦敦!但天色已晚,我对自己说:"I will save it for the next trip!"(下次再见)

大英博物馆

一切都在互文中

Do We Still Have Our Initial Response?

旅游是个很好的学习机会。因为之前你会做很多功课:你会尽可能多地从各个途径了解目的地的方方面面,自发自愿且充满热情。这些准备让你出发前胸有成竹。及至身处其中,你会对所见生出似曾相识、一见如故的感觉,在其中找到很多佐证、很多共鸣。

但当你带着无数的声音出发,这些声音会在多大程度上左右你的感受呢?就像读小说,之前先看了一大堆评论,不知对于小说本身还有没有自己最初的最真实、最直观的感受(initial response),还是人云亦云,竟习惯性地把他人的感受观点错认为是自己的了?在这个意义上,做一张白纸是不是更好呢?但做白纸是不是又缺乏一种文化人的教养和底蕴(sophistication),因而算不上一个合格的读者呢?我们一方面追求原创,但一方面又不肯放弃套路,真是一个悖论。

但也许这个所谓最初的反应(initial response)是不存在的。人对于大千世界的感受和理解永远是处在一种互文性(intertextuality)中的。天上的那轮月亮早就不是自然界的那轮月亮了:对中国人而言,她是嫦娥故事里的月亮,她是儿歌里的月亮,她是唐诗宋词里的月亮,她是《荷塘月色》里的月亮,她是王菲、蔡琴、刘欢歌里的月亮,她是……而康河在中国人心中曾是并永远是徐志摩笔下流淌的康河。

格兰切斯特，一见钟情
Grantchester, Love at the First Sight

昨天和小林坐安妮(Annie)的车一起去格兰切斯特(Grantchester)喝下午茶。Annie 是安格利亚·鲁斯金大学(ARU)语言中心的主任。由于长期从事语言管理和教学，加之和各国留学生接触频繁，她对语言极其敏感，谈话的方式很特别，往往让人在不知不觉中学到很多地道的表达方式。她会时不时根据谈话内容巧妙地把一些特别的表达方式呈现给你。当我们的车驶过一道减速路障时，她说："你们知道吗，这叫 sleeping policeman。"这让我想起，从西斯罗机场坐出租来剑桥的路上，跟司机学的另一个词"hardshoulder"，却原来是高速上的隔离墩。语言总是那么生动形象。有些表达方式，你在课堂上永远接触不到，但在日常生活中，它们会不经意间跳出来，让你连同当时的情景一起牢记不忘。这种自然习得也许才是真正的语言学习之道吧。

才下午三点多，剑桥的交通已经进入高峰，Annie 因此建议我们绕道，虽然可能有些舍近求远，却是一条看得见风景的路。我们当然求之不得。这一路不光经过仲夏绿地，还有剑桥几所著名学院的后庭。远远看到康河，看到水面撑杆而行(punting)的人们，就如一帧帧风景明信片依次从眼前闪过。绿草如茵，芳草萋萋，一树树花极尽繁盛地开着，妆点着这一片大好的春光。

我们把车远远地停了，决定步行一段去果园。还有什么比步行去果园更恰当、更自然的呢？沿途大片大片的绿地不断向前延伸，牵引着你的视线和期待。草地基本呈原生态，用 Annie 的话说，"being wild"。空气中弥漫着青草的味道，一种久违的、亲切的、自然的气息！

这么大片大片的地就那么撂着，要在国内，开发商怎么可能听之任之? 怎能容许这种荒废浪费呢? 空地都应该盖楼,楼就是钱。但这大片大片的绿之于都市的人们是怎样的一种享受啊。据 Annie 说,这一带,四间卧室的一栋房要卖到 80 万英镑,高于市中心的地价。所以当地也有关于是否要开发的争论。但争论归争论,那些绿从未在人们眼前消失。我想这是不是因为剑桥大多数地产都为大学所有,因而在决定用途时更多了一些人文关怀呢!

格兰切斯特茶园

去格兰切斯特茶室(Grantchester tea house)还要经过一条长长的步道(footpath)。就如房子的玄关,一方面让你在这里脱去外套和鞋子,扫去满身的尘土和疲惫;另一方面给你一种悬念(suspended expectation),因为当你走到"玄关"的尽头,突然会感觉眼前一亮:一片果树下三三两两散落着躺椅,椅子早已显出了岁月的痕迹,但让人一见倾心。一棵老树倒了,就那么随意地躺着,像一件艺术品。我们要了一壶茶、一些特色点心,配了果酱和一种特制的奶油(cream),味道好极了。今天并非周末,但人非常多,几乎满座,除了剑桥当地人,还有八方游客,可见茶香不怕巷子深。躺在椅子上,阳光透过枝枝叶叶播洒下来,我痴痴地想:等树上坠满果实时,又会是怎样一幅动人的景象呢? 如果能再清静一些,所谓世外桃源不过如此吧。

世上有些东西的意义也许就在于闲着(waste):大片大片的地"闲置"着,我们才有了呼吸的空间;一个下午的时间"悠闲掉了",才有了美的心境。

我们在树下喝茶聊天,时间过得飞快,不觉已经五点多,是离开的时候了。但人尚未离开,心已在不动声色中酝酿着下一次的重逢。所谓不忍,只因太爱。

关于格兰切斯特还有太多的故事,我愿意一次次来到她的怀抱,在斑驳的树影里,在光阴的故事中,睡去。

旅游小结之衣食住行

Beyond Travelling

六天五夜的行程——杜伦、爱丁堡、湖区和约克——结束了。兴奋之后席卷而来的疲劳让我5号彻底休息了一天。

旅行还是要从容,不能贪多。与其在许多地方走马观花、浮光掠影,不如就选一个好的去处,然后不是奔走于各景点之间,而是放慢脚步打开感官甚至收起相机,悠悠地走,闲闲地看,傻傻地想。

如果把旅游的乐趣分成三分,那么一分在期待中,一分在欣赏中,一分则在咀嚼回忆中。

旅行既是看风景换心情,也是开眼界长见识,对我而言还是不大不小的一次异国历险。

衣

离开剑桥前的那几天,天气出奇得好,温度持续上升,也是为了轻装上路,行李一减再减,没想到在我们回来的前一天受寒流影响,英国气温骤降,4月3日晚杜伦大雪。天气预报称:一星期内,人们从夏天回到了冬天。措手不及的我只好把可穿的衣服都武装上身,多亏冲锋衣还顶事,总算没冻着。由此我也见识了英国天气的多样和多变。

食

这六天我们有时靠自己带的面包、蛋糕和水解决问题,有时在车站买杯咖啡吃块点心,有时我们也享受美食的乐趣,毕竟这也是旅行的一部分。

在爱丁堡,出了韦弗利车站(Waverly Station),向王子大街方向走不多远,有家中式风格的自助餐厅,人均 7.5 镑,有几十种菜品可供选择,生意十分火爆。不必说春卷、扬州蛋炒饭,也不必说宫保鸡丁、咕老肉,单是水果、蔬菜、沙拉、薯条及甜品就让我们吃得心满意足,最后的冰激凌则大大延续了这种美好的感受。

在湖区,住宿一般,但全套英式早餐(full British breakfast)——烤肠、培根、土豆、番茄、煮黄豆、烤面包、咖啡、牛奶、果汁让人一早就有好心情,也为湖区之行提供了好体力。晚上我们去了 light house,点了份金枪鱼,味道一般,但店里透着幽幽的灯光,气氛很好。同行的王老师思路敏捷,语锋犀利,我们谈得很开心。

在约克问路,一个八十几岁的老头热情地向我们推荐当地的布丁。我们就在市艺术馆旁的一家咖啡店要了壶茶,悠闲地坐了一个下午。最难忘是在爱丁堡的早餐,我们因为赶车,最先进入餐厅。小小的餐室一整面玻璃,洒满阳光,餐厅布置很有格调,充满艺术气息。经理是位个子高高、气质极佳、操着苏格兰口音的女士。早餐时间,她准时来到餐厅,在了解了我们对早餐的要求后把东西摆好,稍事寒暄后静静离开,把满室阳光和没有打扰的时光留给我们。

住

因为没有参加旅行社,所以一切都要靠我们自己打理。在国内,网上预订房间大多不需要付费。有变动,自己可以主动取消,酒店也会及时确认。但这里,订房要报上信用卡的相关信息,当时因为不了解,不免有些担心卡的安全,但事后证明这种担心是多余的。

我们基本选的是双床间(twin room)。一间房两张床,平均每人二十几镑一晚,还带早餐。杜伦的住宿很宽敞,浴室间条件也不错,只是有些偏僻,在高速路口,估计主要是针对自驾游的。我们从车站搭公交来回就要 5 镑多。

在爱丁堡的三人间(triple room),实际只住了我们两人。这间房在装饰上极有格调,简约而不简单。雪白的床单上铺了墨绿格子的床罩,墙上恰到好处地挂了几幅艺术画。拉开雪白的纱帘,看得到后院的绿色。桌上摆着一个托盘,里面有小袋的咖啡、茶和牛奶,一本当地的旅游指南正好可以在喝茶时翻看。靠床的暖气片烧得热热的。一句话,温馨舒适(cozy)。

湖区的住宿条件相对差一点,有点像国内的农家乐。但位置便利,就在温德米尔(Windermere)的中心位置,出游很方便,而且丰盛的早餐大大弥补了房间的相对简陋。

行

出发前,我们提前买好了往返于各月的地间的火车票,但因为不了解英国铁路的运行情况,也闹了些有惊无险的笑话。

我们先是从剑桥坐火车去杜伦。听到火车报站,我们才开始从架子上拿行李,边拿边说话,等我们不急不忙走到那节车厢的门口,自动门已关闭,怎么都摁不开了。我们只好眼睁睁看着杜伦小站从眼前闪过,继续奔向下站纽卡斯尔(Newcastle)。好在十几分钟就到了,我们没出站,直接反方向坐车回杜伦。后来有人提醒我们:火车在有些站台的停靠时间只有一两分钟,要提前做准备才行。

吃一堑长一智,接下来坐火车,我们矫枉过正,车还未到站我们就早早等在门边以免"悲剧"再次发生。也不知是我们不熟悉情况还是英国铁路的人性化服务还不够,虽然车站有滚动屏播放信息,但火车上的标识一点不清楚,很容易让我们这些外地人抓狂。从湖区回来去约克,因为坐了无数趟车,转了无数趟车,已成老油条了。看到一辆车过来,时间也差不多,也去约克,就毫不犹豫跳了上去。上去就发现有些不对,因为这列车根本没有 F 车厢。但管他呢,在约克下就是了,反正这么多空位。很快列车员来检票,告诉我们坐错了,需要在下一站达灵顿(Darlington)下车,坐等我们原来那列去约克的车。问能不能就不下了,直接坐到约克,回答不行。争辩说两列车不过差 5 分钟,回答说它们分属不同铁路公司,如果错到约克,就要补全程的票。得,甭罗嗦了,赶快下。

　　这些经历当时搞得人有些紧张,但事后就成了笑谈,谈笑间对英国铁路的陌生感渐渐消失。有次我们甚至还享受了头等车厢的待遇。当时刚要上车,发现是头等车厢,就犹豫着要下去。结果列车员挥挥手说上去吧。估计人不多就破例了。这节车厢座位相对更宽敞,车厢布置更宜人,桌上还有杯盘、台灯什么的,估计服务也更周到,但其实也就那么回事吧。

　　这次旅行,火车票买得相对便宜,一是提早计划,二是买了错高峰(off-peaktime)的票。但便宜的代价就是比较浪费时间:都是早上9点多的火车,而且时间都是掐死的,环环相扣,没有灵活性。如果今后想随性一些,可以考虑更机动的不限时票(open tickets)。

火车上

搞笑的英国人

They Are So Funny!

这次因为辗转几个地方,在火车上、火车站或住宿的地方免不了和工作人员打交道,发现英国人的幽默有时真让人吃不消。

有一次临窗的我正对着窗外拍照,一个检票员很严肃地对我说"No",罚款25镑。我有些生气,问他为什么,他居然回答说会闪了羊的眼睛。正在我觉得英国人太不可理喻的时候,突然反应过来他是在开玩笑。

还有一次在古色古香的约克车站,我一时兴起,就拿出相机。正拍着,迎面走来两个工作人员,身穿藏青嵌红制服,手里拿着牌子。他们径直走到我面前,一脸严肃,其中一个居然直接把相机从我手上夺走,然后做出要转身离开的样子。我正错愕间,两人开始大笑,原来他们以为我一个人,意思帮我拍张照片,虚惊一场。他们还告诉我们说女王明天驾到,在约克车站会有欢迎仪式。不巧的是,我们今天就要离开,和女王失之交臂。

在湖区,我们到问讯处打听预订的那家酒店,柜台后面那个家伙面无表情地说:"我不知道!"想起爱丁堡的经历,我们不禁有些紧张,担心住所会不会太过偏僻,同时又有点生气:这个人什么态度嘛,一副漠不关心的样子。谁知人家转头就是"I was joking"(我开玩笑呢),然后很热情地在地图上比画给我们看,原来出了门右拐,五十米不到就能看到预订的酒店 Grey Wall Inn。这些家伙怎么都这样?!但不得不承认他们很可爱!

旅途中那些难忘的经历
Those Unforgettable Experiences in My Journey

回想一下,这次旅行也颇有两次历险。

一次是爱丁堡的住宿。出发前,爱丁堡那家旅馆打电话说我们预订的房间因为漏水(damaged by water)没法使用,意思是我们得另找地儿了。考虑到复活节期间现订房间一是比较难二是比较贵,加上对那边行情不太了解,就坚持让她替我们解决,她也答应了。

到了爱丁堡,我们尽顾着玩没有及时跟她确认(confirm)。下午电话打过去,人不在,只有留言电话,等终于打通了,接电话的又换成了男的。扯了半天,也没搞清他和前面那个女的什么关系,反正那个女的再不出现了。好在他告诉了我们公交车。但很快我们发现车站附近都是游人,根本问不到在哪儿可以搭乘这路公交车。问讯处照例3点就关门了。接近傍晚时,爱丁堡越来越冷,我们一下紧张起来,有点无家可归的恐慌。慌不择地,我们在皇家哩(Royal Miles)路边看到一家hostel(旅社),就推门进去了。里面乌烟瘴气,几个穿苏格兰裙的男人也许喝多了,正闹作一团。我们挤到柜台前一问,没房了。前台小姑娘人不错,帮我们打了几个电话,可是附近都没房间。我们走出去时,天更冷了。同行的王老师提出干脆提前回杜伦,但我们又有些不甘心。后来回到火车站才打到出租车,终于找到了那家预订的住所。跟我们通电话的家伙立即打发我们去隔壁一家,说已帮我们预订了。我们一直怀疑这家伙搞鬼。推门,一位很有气质的操着苏格兰口音的女士惊讶地说她对此事一无所知。我们出门才发现是下一家。进门一股油漆味,我们都皱了眉。一问,老板承认有这回事,但又说我们没有及时确认(confirm),我们无奈只好又返回刚才那家,还是那位女士。我们解释了一下情况,问她有没有空房,很快我们就庆幸自己找对了地方:价格不贵,房间很有格调,女士人也很好。所谓好事多磨!住下来就安心了,我们出去买了个披萨,回来暖暖地洗了个澡,直接入梦乡。

还有一次是从湖区回杜伦。转了几回火车,到达杜伦时,天已不早了。因为住得偏,我们等公车又等了40分钟,这时天开始下雪,鹅毛大雪。从公交车下来还要走一段,路上黑漆漆的,只有我们两人。一辆辆车飞速地从我们身边经过。因为酒店在高速路边的坡下,风雪中我们几乎看不到酒店的灯箱;有一阵,王老师心脏又有些不舒服,不得不在风雪中停下来吃药,当时伞都打不住,我也很紧张。我们还因为提前穿马路,险些迷路。被风带着,我有种举步维艰的感觉,记不得什么时候这么凄凉过。等终于到那家旅店(Day Inn)的时候,已经晚上十点多了,背着旅行包的我们浑身上下都是雪,完全是风雪夜归人。事后想想还心有余悸:因为像我们这种身份的人在国外其实很脆弱,几乎没有归属:租住在人家,和当地学校的联系也很松散,认识的人有限,又旅游在外,一旦出事,一时半会儿连身份都查不清。不像在国内,单位、家庭、亲人、朋友……有些东西身在其中不觉得,一旦失去,就有些裸奔的感觉。一次难忘的经历!

又见菜花黄

Cole Flower in Full Bloom Again

坐在疾驰的火车上,眼前是大片大片的油菜花,想起盐城4月里的那片金黄,好亲切!

说到春天,人们总爱用"草长莺飞,桃红柳绿"来形容,也有人忍不住加上一句:"春在溪头荠菜花"。原以为这也算写尽了春光,但清明节这天,坐在疾驰的车上,看到车窗外花团锦簇般的一天一地的油菜花,才不由地感叹:油菜花才是4月的主旋律。如果没有了田间路旁小河两岸铺天盖地金黄一片的油菜花,这个春天无疑都会暗淡许多、寂寞许多。

偶尔路边也有几抹粉、几片白、几株绿一闪而过,但无论是"人面桃花相映红"、"梨云如雪冷清明",还是"万条垂下绿丝绦",面对海一样的金黄,都一律淡出了画框,倒是杨万里的"儿童急走追黄蝶,飞入菜花无处寻"似在不经意间撷取了此刻自然的神韵。无穷无尽的油菜花,绿色的茎上是摇摆的黄,那色彩浓到逼人的眼。"亲爱的,你张张嘴,风中的花香会让你沉醉",沉醉在明媚的阳光中,沉醉在和煦的春风里……

油菜花3月便散见于田垄地头,但在乍暖还寒的季节,不免显得寡不成阵。不但色彩淡许多,零星的几片,也缺乏暖意,像在青涩期的女孩,形容尚模糊。但只要进入4月,特别是清明一过,地气上升,她们便迅速窜起老高,出挑得亭亭玉立,用一团鲜黄把这个4月天装饰得明艳动人,甚至隐隐勾起了人们对于初夏的记忆。

油菜花最大的好处莫过于随和。随遇而安,依河傍坡,几缕春风,几阵春雨,便和身边的姐妹打成一片。单个一枝的油菜花是单调的,但任是再挑剔的眼睛也难拒绝那一团团、一片片扑入眼帘疾驰而过的春意。远远近近，她们就只管铺陈，直铺到目之所及的地方。有人说："杏花枝头春意闹"，但那只是一树的闹，哪里比得上这一天一地的闹，闹得欢畅、闹得纵情、闹得春满人间呢？有时一条窄窄的田间路埂，两侧的油菜花硬是自发列起欢迎的队伍，热烈得让你走在其间，都会有一阵晕眩的感觉。

这让人想起了梵高《星光灿烂的夜空》中那个高度夸张变形且充满强烈震撼力的星空。那也许不是人们眼里的星空，但却是梵高灵魂深处对于世界的感受，是沉淀在人类记忆中的星空。如果让大师用印象主义的调色板把这再平常不过的油菜花呈现在人们记忆的画布上，那该是怎样一幅色彩浓烈，让人浮想联翩的画面呢？那种热烈奔放会不会最终溢出画框呢？

4月不须说是油菜花大行其道、一统天下的日子。她以她平民的朴实，无保留的诚意，十二分的纯真灿烂和热烈，迅速打动并俘获了4月里每个普通人的心……

杜伦小镇和它的植物园
Durham and Its Botanic Garden

杜伦是英格兰东北一块小巧温润的美玉。她的全部灵气都来自一条蜿蜒的河流——威尔河(River Wear)。整个城市依河而建,在河流冲击而成的半岛上,杜伦大教堂和杜伦城堡居高临下,俯视全城,成为小城的地标、天际的剪影。

从火车站出来,教堂城堡就已然在望。你甚至不需要问路,因为在任何地方,你的视线都会被它牵引。从蓝色的天桥下来,往城堡方向走,经过一座跨河而建的桥,沿着古老的石子路向坡上行,窄窄的小路两侧是些精致的小店,你可以随时停下来喝杯咖啡,也可以到桥下沿河漫步。这里远离喧嚣,路上行人气定神闲。临近傍晚,周边一派宁静祥和。小河波澜不惊,有人在桥上静静地远眺。街边的艺人在唱着一首忧伤的歌。不知唱的是什么,但那样的旋律、那样略带沙哑的歌喉在那样一个傍晚时分却深深打动了我这样一个过客。

杜伦小镇

如果沿着坡道继续前行,就会突然来到一大片称作帕里斯绿地(Palace Green)的草坪前。刚才还高高在上的教堂和城堡立时就在眼前了。这座曾是主教居所的城堡现在归杜伦大学的大学学院所有。我们没有上城堡,也没有进教堂,只是在周边流连。摄影的人总是非常讲究光影,欣赏美景也要在对的时候。杜伦的黄昏在我看来有着无与伦比的美:依稀的鸟鸣,渐暗的天光。游人大都散去,所有的静谧都汇聚于此。古老的建筑,翠绿的草坪,在一个暮色四合的黄昏时分。

杜伦之行还有一个地方不能错过,那就是杜伦大学(Durham University)的植物园(Botanic Garden)。英国似乎遍布大大小小的植物园,每个城市都有自己的植物园,并以拥有一些珍稀物种而引以为豪。由此也可以看出英国人对自然和园艺的由衷热爱,这也解释了为什么英国留给所有人的印象永远是无边的绿色。

杜伦大学的这个植物园居然有10公顷,相当于10万平方米。收集了来自世界各地的植物物种用于大学的教学和研究,也对公众开放。论古老,杜伦大学在英国仅次于牛津剑桥,它的14个校园基本相邻,共享着这么大的一个生态氧吧,着实让人羡慕。我们一个下午在里面做深呼吸不愿出来。除了赏心悦目的樱花、水仙花、郁金香,还有更多叫不上名字的花花草草、成片的针叶林、阔叶林,往腹地走居然有进入原始森林的感觉。一切都呈现出原生态来。随手捡起一根木棍当拄杖,走在厚厚的腐叶上,旁边是涓涓的溪流,溪流旁横着一棵朽了的树,一瞬间好像回到了童年时候,回到了山林里。那种在自然怀抱里的感觉,久违了!这个植物园当然有人工规划,但却最大程度地保留了自然状态,也最大程度贴合了现代人内心的渴望。在一棵树的残根旁看到一张标签,上面详尽地讲述着这棵树的故事:从年轮看它多少高寿,什么时候起它在此安家,什么时候它遭遇了雷击,什么时候它失去了再生的能力,现在它已经慢慢腐烂……读到这样一段文字,你会觉得这是一个生命对另一个逝去生命的尊重和纪念。死是否真的如人所说,意味着因生命而起的一切可能性和未知都将戛然而止呢?就如玛丽娜·茨维塔耶娃(Marina Tsvetayeva)的诗:"风已平息,大地被露珠打湿,星辰收起了它的风暴,一切归于平静。很快我们所有人都将长眠于地下。"生命不必居高临下,因为在本质上我们经历的是一样的过程。一种生命形式以它曾经的美好和最后的终结给予我们启示;生命也不必永恒,因为永恒就感觉不出生命的美好。在这个植物园里,在一块石碑上我还看到巴塞尔·邦廷(Basil Bunting)的一句话:

Words pens are too light

Take a chisel to write

言语纸笔太轻

需要凿子去铭刻

我不知它有何深意,但用凿子凿出来的可不就是墓志铭了吗?

爱丁堡——一本厚厚的历史书

Edinburgh: A Book to Be Read

爱丁堡在苏格兰东海岸入海口。从杜伦到苏格兰,我们乘坐的是英国东海岸铁路公司的列车(East Coast)。列车沿着东海岸线一路奔驰,沿途的风景让我们大饱眼福:蓝天上点缀着白云,草地上散落着牛羊,大片的油菜花从眼前飘过……

从韦弗利站(Waverley Station)出来,风笛吹奏的音乐就已弥散在在空气中了,仿佛要在一瞬间让人意识到:你已踏上了苏格兰这片个性鲜明的土地——这是华莱士高喊自由的土地,是彭斯吟唱红红玫瑰的土地,是司各特用小说书写历史的土地。街角一个身着苏格兰裙(kilt)的男子正在寒风中吹奏,不少游人驻足倾听。笛声激越欢快但又透着忧伤,有一种穿透力直抵人心。

我们在爱丁堡的大街小巷游荡,海鸥苍凉的叫声在空气中回荡。那些古老的建筑——宫殿、教堂和城堡——像是从博物馆里走出来的。石质结构赋予这些建筑一种厚重和内敛,岁月的沧桑则给予了这个城市一种颓废的美。无论是建筑还是雕像似乎都给人一种满面尘土烟火色的感觉,司各特纪念塔简直如同烟熏火燎一般,其实这黑色是砂石中含有沥青的缘故。但正是这些造就了这个城市独特的气质——历史的,文化的,艺术的,古典的——爱丁堡是独一无二的。

爱丁堡的美就在空气中,就在脚下。我们买了四条游览线的通票,把各种颜色的游览车坐了个遍,这就是所谓的"坐车看历史"(history on the move)。其中一辆车上的解说员是个粗犷的苏格兰老头,他浓重的苏格兰口音让我们听起来有点费力,但他那种发自内心溢于言表的民族自豪感却感染着车上的每个人。虽然没有时间在各景点下车,但通过这种方式我们把整个城市都浏览了一遍——圣十字宫、卡尔顿山、利斯海港、圣吉尔斯大教堂、荷里路德宫、国家美术馆、皇家植物园。接下来我们开始实践"走路看历史"(history on the feet),用双脚把王子大街和皇家哩走了一遍,就算重点解读吧。皇家哩大道上有家叫People's Stories 的陈列馆,其实人们的故事就是爱丁堡的故事——其先民的奋斗史;还有一家"儿童时代博物馆"(The Museum of Childhood),里面有各个时代孩子们心爱的玩具,童心未泯的人可以重温旧梦。不知是不是因为周末,大道直接封闭成步行街,街头艺人正在表演逃生魔术,观者如堵。一对新人穿着苏格兰传统服饰正步入一家酒店。一路上有许多苏格兰特色的礼品店和各色酒吧,路边还有供游人歇息的木头长椅,坐下来才发现这是某某为纪念在战争中阵亡的亲人捐献的……为找到那个著名的花钟,我们跑遍了整个王子公园,虽然最后没有看到(据说被卸下重播种子了)。但这已不重要,我们已充分享受了王子公园的美。旅游的惊喜往往在计划之外,希望时光在这一刻能为我们驻足。

爱丁堡城堡曾饱经战火,如今屹立在山丘之上,我们登上位于死火山岩顶的城堡居高临下,遥想当年。最后回到位于王子街花园的司各特纪念塔前,这是一座恢弘的哥特式建筑。四根塔柱中间是司各特大理石雕像:他坐在那儿,披着牧羊人的毛毡,宽袍大袖,手执鹅毛笔正在沉思,身旁陪伴他的是他心爱的小狗梅达。他的头微微侧向一边,注视着这片他深爱的土地。顺着狭窄的楼梯登上 287 级台阶,不仅能看到许多司各特作品中的人物雕像,还能将整个城市一览无遗。塔内有司各特作品朗诵、司各特作品改编的歌剧,只要你拿起听筒。印象最深的是一个苏格兰口音在朗诵司各特的《最后的吟游诗人的夫人》(The Lady of the Last Minstrel),其中有一句:

"如果一个人没有对自己说过这样的话:这是我的,我自己的土地,那他即便活着灵魂也已经死去。"

Breathes there the man with soul so dead

Who never to himself has said

This is my own, my native land.

你能从中感受到那种对土地的深情,想起著名诗人艾青的那句:"为什么我的眼里常含泪水,因为我对这土地爱得深沉。"这种感情是不分国界、无论古今的。

都说没有到过高地就不算来过苏格兰,这确实是此行的一大遗憾。

城堡

华兹华斯的湖区

William Wordsworth and the Lake District

英国"桂冠诗人"华兹华斯在《抒情歌谣集》这样说:"Poetry is the spontaneous overflow of powerful feelings. It takes its origins from emotions recollected in tranquility"(一切好诗都是强烈情感的自然流露,源于宁静中经过沉思的情感)。诗人总是会隔段时间以不同的视角去重新打量自己曾经的创作,并用真实的语言将强烈的个人情感变成一种更加普遍的情感——日常生活带给人的愉悦情感。

从杜伦到湖区,我们足足倒了四趟车:Durham ⇒ Newcastle ⇒ Carlisle ⇒ Oxenholme ⇒ Windermere。一直觉得旅游的乐趣不完全在目的地,有时就在那个无限接近、无限期待、无限遐想的过程中。就像朝拜的香客,最后的圣地固然是心中一盏不灭的明灯,那念着六字真言三步一跪拜的虔诚才是朝圣的真谛所在。

出发前一直在心中默默祈祷,希望天公作美,因为华兹华斯笔下的那片有如仙境的湖区怎么能没有蓝天、白云、水仙花的陪伴呢?

但出发的那个早上,杜伦小站淅淅沥沥下起了雨,让我们对湖区的天气也多了一丝担忧。有人警告过,雨天去湖区就是往湖里扔"胖子"(Pounds 英镑)。这时同伴的一句话让我们大大释然了。他说在湖区没有坏天气,只有不同的好天气。是啊,那写西湖的不也说过:"水光潋滟晴方好,山色空蒙雨亦奇。欲把西湖比西子,淡妆浓抹总相宜。"这个被华兹华斯称为世间最美的(the fairest place on earth)的湖区到底是怎样的呢?

湖区在英格兰的西北海岸、靠近苏格兰边界,共有大小不一的16个湖。这实在是大自然对这个岛国的一个恩赐,而这里的人也没有辜负这份美意。那些湖畔诗人把这湖光山色酝酿成一首首诗,给这灵秀之地又更添了一份浪漫和诗意。

湖区现在已成了国家公园。中央的温德米尔湖(Windermere)最大,北边小巧的葛斯米尔湖(Grasmere)因华兹华斯的鸽屋而享有盛名。沿湖有一些小镇:南面有鲍内斯(Bowness),北面有安布尔赛德(Ambleside),再北最大的城镇是凯斯维克(Keswick)。我们利用一个小半天坐车去了葛斯米尔湖。这里有不少民居,石砌的屋黑黝黝的,衬着大片大片新鲜的绿,空气中都是华兹华斯的名字——他的鸽屋、他的墓园、他的诗句——脚下是"I wandered lonely as a cloud"(我孤独地漫游,像一朵云),脑海中是他的水仙"Ten thousand saw I at a glance"(一眼看见一万朵)。其实湖区除了以华兹华斯为代表的湖畔诗人,还有彼得兔的作者——著名的儿童文学作家Beatrix Potter,都说人杰地灵,原是不错的。

我们选择了步行票(Walkers Ticket)。在Bowness坐船向北,一路欣赏湖光山色,在Ambleside的一个小码头稍作停留,和女王的天鹅亲密接触,再坐船去一个叫Wray Castle的小城堡,接着开始4英里的湖边徒步。问讯处的人提醒我们:一直沿湖贴着右边走,走到渡口那个小码头,有船再把我们载回Bowness。

这一路我们领教了湖区多变的天气。湖面上雨大风大。上了岸,雨却停了,一度耀眼的阳光穿林而过,让我脑海中一下闪过"雄伟壮丽"这个词。大多时候天上飘着轻云,整个湖面像一幅中国的水墨画。

在船上,有一阵突然开始哗哗下雨。我戴了帽子,一个人站在船头,极目远眺,整个湖面白茫茫一片,那一刻世界安静得似乎就剩下我一个人,而我突然之间拥有了眼前的一切。

湖区没人打伞。冲锋衣、运动鞋、登山杖也许是最恰如其分的装备。这段路我们走了有三个多钟头,因为不停地在拍,希望能把一路的风景带回去。但我们也清楚这是徒劳的,和所见相比,照片无一例外显得苍白。而且那空气、那脚下的感觉、那种天光云影尽收于心的满足、那置身旷野的乐趣只有身在其中才能体会到。

很多时候,偌大的湖边只有我和王老师两人,一边是平静的湖面,一边是山峦林木草地,偶尔还有羊群,一条步道似乎无穷无尽。路边是灌木丛、乔木林,还有长了青苔的树木和石块。空气新鲜得你只想舒展双臂做深呼吸。在自然的怀抱里,每个人都像孩子。

我相信华兹华斯的魂魄一定流连在湖区的山山水水和花草树木间,在那人迹罕至的路边、那长着苔藓的角落、那平静的湖面、那孤寂水鸟的歌声中……就像他笔下的路易莎:她爱踏遍旷野平芜,不管嗖嗖的风、潇潇的雨……

再美的旅程也有结束的时候,突然觉得:

生命不为了什么,

不为了获得惊叹,

也不为了赢得喝彩,

她默默地绽放,

无声无息地朽去,

千年,万年……

某年某月的某一天,

在不经意间,

感动了从她身边经过的另一些生命……

一切一切的美景,当我们留恋忘返时,

都不得不对自己说,

人在旅途,只是过客,

过客匆匆的脚步,并不能挽留些什么,

也许他会稍做停留

睁大双眼,摒住呼吸,

但他并不能带走些什么,

只是在一瞬间

有一种感动,

下一句也许就是

再见,再见

继续走在路上……

在我们返回车站的路上,湖区又开始下雨,接着开始下雪,我想也许要不多久,又会阳光普照了吧。湖区的美正在于她云水间的变幻,幻化出无尽的诗情画意。自然对诗人来说是人生欢乐和智慧的源泉。"朴素生活,高尚思考"(plain living and high thinking)才是诗人所钟爱的生活方式。

湖区

古城墙和大教堂——约克的骄傲
The Ancient Wall and Cathedral, the Pride of York

在约克逗留时间比较短,所以还不能完全感受她的风情。但这个城市有几个地方让我印象深刻。

一是约克车站。英国的铁路比较发达,车站自然也多,但都不大,特别是一些途中一经而过的小站只有小小的月台和寥寥无几的乘客。但约克车站不一样,作为铁路枢纽显得气度不凡。据说1877年建造时在世界上排名No.1。即便今天看来,也很有气势。车站内大大小小共有11个站台,天桥横跨,上面是熙熙攘攘过来过往的乘客。透过高高的穹顶,自然光被引进来,加上站内的照明,里面显得异常明亮。红砖的墙面、穹顶的雕花以及天桥下的一个很有特色的钟给这个车站平添了一分韵味,在钢筋结构和电子显示屏构成的空间里显出一种古色古香来。铁路工作人员穿着藏青的长款风衣,围着大红围巾,手里举着一个圆牌,十分惹眼。

二是罗马城墙。从车站出来往市区方向走,就会看到约克著名的罗马城墙。这些都是中世纪的防御工事,能保存到现在也算奇迹。整个城墙几乎把约克城围起。城墙是用石头垒起来的,土黄色,高大约五六米,宽两米左右,隔一段就有一个平台,城墙上有垛口。全长据说有4.5千米。我们只走了一小段,突然想起古城西安,两个城市都属兵家必争之地。

三是约克教堂。到约克当然不能不去约克大教堂(York Minster),这是英国最大的哥特式教堂,历时250年才完工,是约克的地标。教堂可以说是建筑和艺术的完美结合。单是那雄伟恢弘的外观就注定了它是这个城市的骄傲。

四是约克的市貌。这个城市地势较高,有坡度。所谓市中心是由横七竖八的小巷组成的,两边遍布各种精品店,却没有市中心的喧嚣。一块墨绿色的牌子竖在市中心的红绿灯旁,各个方向的箭头指向该城市的一些重要景点和公共设施。就像杜伦小城傍着威尔河,约克城则离不了乌斯河,这条河流经市中心,给这个城市注入活力。约克城先是由罗马人兴建,后来又被撒克逊人统治,再后来又被维京人接管,所以城市留下了许多不同风格的建筑,又因为频繁的战争,留下了许多断壁残垣,如今看上去,倒如古董般装饰着这个城市。

五是约克布丁。约克人似乎很为自己的美食骄傲,什么"约克布丁"(York Pudding)、"约克牛肉"(York Beef)。我们看到在一家叫"贝蒂茶室"(Betty's Café Tea Room)的茶屋门口,人们排起了长龙。后来听说这是约克的一个必到之所,那里不光有泰勒红茶和300多种面包蛋糕巧克力,还有现场钢琴演奏。我想人们趋之若鹜恐怕更多的是去感受氛围吧。我们终因时间紧张与之擦肩而过了。

约克大教堂

在康河的柔波里

In the Gentle Waves of River Cam

自从来到剑桥,就很少遇到雨天。走在户外,头顶上多半是蓝天,非常纯净的蓝,伴着耀眼的阳光。

这次回来,这个城市却一反常态,湿漉漉的不说,温度也下降不少,加上旅游的疲劳,我老老实实地在家窝了几天。

今天一早拉开窗帘,又看到了久违的阳光,心也随之雀跃。但不同以往的是,天空蓝色的底板上云开始出来造势,蔚为壮观。大团大团涌动着的云,或明或暗,变幻出万千造型。一时,地面的绿色都被它抢去了风头。这边是洁白的云静静伴着阳光,那边却乌云翻滚,酝酿暴动;一阵子太阳晒晒的,下一分钟阳光却没了踪影,身上顿觉凉飕飕的。

时间还早,我慢悠悠地穿过帕克绿地。一家人正在晒太阳,大人坐在草坪上聊天,两个孩子俯卧在绿地上,双手托腮,看天上云起云涌。

穿过草坪再走几步就到了市中心的大商城(Grand Arcade),正值复活节(Easter)假期,天又刚放晴,憋了几天的人们都涌上了街,让市中心的这个著名商业区热闹非凡。

这个商业街的尽头几乎和集市相邻,再走几步就到了国王大道(King's Parade),国王大道上游人如织。我却无意中拐进了一个深深的巷子。嘈杂的人声慢慢遁去,两边高高的砖墙显得古旧,头顶上是一道窄窄的天空。我加快脚步想一探究竟,小巷深处有一道门,不显眼,但很有年代的样子,窄窄的门里竖着一块"谢绝游人,请走正门"的牌子。原来这里面就是大名鼎鼎的培养了牛顿、培根、拜伦、巴罗和丁尼生的三一学院,而这个巷子就是三一巷(Trinity Lane)。

继续走,视野突然开阔,一座桥、一条河跃然在目。一瞬间,我看到了波光云影,看到了岸边的垂柳(weeping willow),看到了三三两两的野鸭在水中划出道道波纹,看到了一个个撑着长篙的身影——撑一只长篙,向青草更青处慢溯,康河就这么不动声色地来到我的面前。

来剑桥一个多月了,国王学院门口也来了几回,知道那些撩动人心的诗句就来自"不远处榆荫下的一潭",但除了彼得豪斯学院(Peter House)和彭布罗克学院(Pembroke),我还没有专程去参观过那些著名学院的后庭,也没有一头扎进康河的柔波里。不知为什么,尽管知道它们都近在咫尺,但我告诉自己:好茶要一小口一小口地品。

喜欢跟着感觉走,信步所至和爱不期而遇。就像此前无意走到了国王学院的门口,这次我又碰巧来到了康河的面前。站在桥上的那一刻,一个藏了多年的梦突然睁开了眼睛。

估计是不断有中国游客提起,连卖票的印度小伙子也操着生硬的中文对我们提起徐志摩的名字,徐志摩——康河,康河——徐志摩。

小船载着我们,顺流而下,沿途经过剑桥大学的八所著名学院。学院的建筑和后庭是这条线路的"亮点"。一路行去,学院美丽的后庭带着古老、带着清新扑面而来。数学桥、叹息桥相继从头顶向后退去。一只只野鸭静静划过水面。船上美丽的女子头戴自制的花环,展露如花的笑靥。两岸绿草红花,正是人间四月天,长篙带着船无声地向前滑行,没有夕阳,也没有星辉,但雨中的康河居然也美得醉人……是的,途中突然开始下雨。

听说还有一条线路是逆流而上去格兰切斯特。沿途曲径通幽,多自然景观,但须自己撑篙,比较吃力。突然想起那首歌《在水一方》:"绿草苍苍,白雾茫茫,有位佳人,在水一方……我愿逆流而上,依偎在她身旁……我愿顺流而下,找寻她的方向……我愿逆流而上,与她轻言细语……我愿顺流而下,找寻她的足迹……"徐志摩是幸运的,他找到了!

此后每次去大学图书馆的路上,我都喜欢在此稍作停留,驻足远眺。窄窄的河上隔不多远就有一座桥,石头的居多。脚下这座是铁桥,

在康河的柔波里
In the Gentle Waves of River Cam

栏杆又黑又亮,不知经过了多少人的摩挲。

有时去得早还没什么人,静谧是此刻的康河。康河的静谧是因为初升的太阳呢,还是因为清晨微凉的风呢?是因为鱼鳞样的波纹呢,还是无人自横的小舟呢?是因为石头拱桥投下的美丽倒影呢,还是河边草坪上闲庭信步的野鸭呢?是散淡的野花,还是绿色浸染的一池清波,亦或是之前幽深的巷子营造出的柳暗花明的感觉呢?

每次回来的路上照例喜欢在此稍作停留。欢乐是此刻的康河。船上的人仰脸,一排人鸟雀般栖在桥上,叽叽喳喳,指指点点;桥上的人俯首,一船人向日葵般仰着笑脸,如醉如痴,渐行渐远;无论桥上还是船上,向一侧望过去,在几乎与水面平齐的大草坪上,是如花草般点缀着五月的年轻人,笑声朗朗。不知他们看过来又是怎样的一番景象?这里,景和看景的人居然不分彼此,浑然天成。

就这样,每天打她身边走过;就这样,每天为她驻足;漂洋过海来看她。在康河的柔波里,有谁愿意醒来?

康河的柔波

剑桥大学图书馆
Cambridge University Library

今天要去剑桥大学图书馆办证。先在网上申请,然后打电话给图书馆的发证办公室(Admission Office)约时间,剩下的就是带好相关证件准时赴约。

其实我早就想去了,不在于能啃几本书,只是特别想感受一下那种氛围和气场。读了几天书的人对这种地方总有一种近乎宗教般的情感,有如朝圣——像麦加之于穆斯林、耶路撒冷之于犹太人。

约了下午三点半,一点多就出发了。一路找过去,原来它就在三一街的一角静静伫立着,绿树环抱,是个幽静的所在。

乍一看,这幢建筑并无过人之处:黄褐色的底楼一字拉开,两侧略低,又分生出两翼,中间则立着高高的塔楼。不事张扬的外表之下掩不住的是一种自信和大气。匀称、稳重、简约、朴实,但又不乏海纳百川的气度,中间那个高高的塔楼则在宽广之外突出了高度——象征意义上的。

在台阶前站立良久,肃然起敬。面前是一道转门,伸手推,沉甸甸的。当被缓缓度进去的一刹那,就像念动芝麻开门,一个巨大的宝藏在面前打开——拱形大厅,巨型吊灯,彬彬有礼的工作人员,还有他们身后800万的藏书,据说书架子的长度加起来就有200英里,并且还在不断增长。

我先去办了读者证。出来时经过一个展区,里面有很多名人的书信手稿。看到那些个性迥异的手迹,看到那些或陌生或熟悉的名字,看到那些泛黄的小册子,看到那些最初的珍贵版本,射灯的光静静打在这些历经岁月的手稿上,一种莫名的感动涌上心头。

上次见安妮时,她说你们一定要去办张剑桥大学图书馆的图书证,因为在那儿有你想看的每本书。她说当她手捧笛福小说的第一版时,几乎落泪,因为这一刻时光倒流。不止一个人对我说过,这是一个让你的心一下变得安静的地方。在这个意义上,知识也是一种宗教。

时间已是下午四点半,我又止步了,不想这么仓促地进去。我要给自己一个悬念,下次,下次。

大学图书馆一侧的小门

格兰切斯特，时间在此悄然驻足

Grantchester: A Corner of England Where Time Stands Still as the Outside World Rushes By

如果说世上真有所谓世外桃源，格兰切斯特（Grantchester）无疑算一个。那种集自然、人文、优雅、怀旧于一身的独特气质让人欲罢不能。

早就想步行去格兰切斯特的果园茶室（Orchard Tea House）。之前坐安妮车去过一次，觉得意犹未尽，从此存下一份私心：哪一天，一个人，让脚步带着，去独自享受那份美好。

格兰切斯特是剑桥西南的一个村子。当地人几乎没有不知道的，但他们却很难详尽地告诉你怎么走。他们往往搓着手抱歉地说："It's rather complicated"。因为他们多数是开车去的，而且这个路线不像在城市里，可以用什么路、什么街、什么交通灯、左或右来描述，这只是一条通向村子的路，一条原本无路，走的人多了也便成了路的路。听说我要走着去，很多人善意地提醒："It's quite a walk"。（蛮远的）

是的，我知道。但一直觉得在剑桥没有什么交通工具比走路更合适。几经打听，我在大脑里初步建立了一个坐标：首先她位于剑桥西南，这是大方向，不能错；其次要找到米尔巷（Mill Lane），这是个必要的索引；再次也是最重要的，即通向 Grantchester 的路是沿着康河（这段也叫 River Granta）逆流而上，所以一直要沿河走；最后，要想找到那个天然茶吧，你必得先踏上格兰切斯特大草坪（Grantchester Meadow），这也是此行赏心悦目的一段，如同序曲。

米尔巷离国王学院不远，和彼得豪斯学院隔一条巷子，在彭布罗克学院的斜对面。之前有人建议走银街（Silver Street）（和米尔巷平行且相邻），但后来经高人指点，选择了米尔巷。这样走的好处是避开大

在康河的柔波里
In the Gentle Waves of River Cam

路,一开始就走在绿地和林木之间,尽享一派天然。

最重要的是一路要沿康河走——也许在行的过程中,这条河会时不时稍稍离开你的视线一小会儿,但你要保证尽快再回到她的身旁。"记住,一定要走在河右边。"好心人如是说。突然想起在湖区的步行:"记住,一直沿着河的右边走。"还有什么比沿湖、沿河款款而行更享受的事呢?更不用说那是华兹华斯的湖区,这是徐志摩笔下的康河。而现在正要去的是有点类似布鲁姆斯伯里知识分子小团体的格兰切斯特派(Grantchester Group)曾流连的地方。

一路行去,满眼满眼的绿扑面而来,青草更青处永远在脚下铺陈,康河永远在左手边蜿蜒:窄窄的,油油的,水似乎随时要漫出来,野鸭三三两两地凫过一池春水,撑着长篙的年轻人嬉闹着从边上划过,偶尔还有彩色的小皮划艇在里面打转,河边有人闭目养神,有人看书……不知不觉中,半个多小时过去了,眼前出现了一个小镇(其实是村子)。也许是周末,几乎看不到人,整个村子安静得像在梦中。

一时看不到康河,我有些茫然。正迟疑间,拐角出现了一块窄窄的木牌,上书"格兰切斯特"(Grantchester),我的心不由发出欢呼。沿着箭头,我终于踏上了格兰切斯特大草坪。那是一片一望无际的草坪,成群的牛在草地上,懒懒的,或站或卧,空气中弥漫着牛粪和青草特有的清新。草坪上隔出一条窄窄的步道,仅供行人和自行车通过,当然还有大摇大摆的宠物狗。

远望,依稀又出现了康河的身影。一路行去,一路徜徉在绿色中,无边的绿漫上眼睛、漫上心头、漫出画框、漫向天边。走啊走,时不时需要打开一些低低的栅栏门,终于走进一条极窄极窄的小巷。不错!上回就是从这儿穿过的。似乎那个茶园就在巷子的尽头。但走到尽头却又有一道矮矮的木栅门,开了门出去:怎么是一条路?茶园呢?我站在路口,东望西望,路迷,明明就在附近啊!我往一个方向试探了一下,不像。再往前走走,还是不像,但就在我折回来不经意的一瞥间,路的一侧那么不起眼的一个植物交织出的窄窄的天然拱门里突然隐约露出另一番洞天：一张张墨绿的帆布木椅散落在果树下，木桌上闲闲地摆着茶水点心，时不时有小鸟从容地上来啄食，有人聊天，有人看书，有人晒太阳，有人发呆，偶尔有孩子在树间奔跑……这就是那个历经岁月但时光似乎驻足的地方，那个被当地人不无自豪地描绘成"a corner of England where time stands still as the outside world rushes by"（任外界时光匆匆，时间在此悄然驻足的英伦一隅）。这就是我心目中的世外桃源。

我点了一壶茶，要了一份这里很受欢迎的司康饼（scone），抹上黄油、果酱和一种很清淡的奶油，打算度过一个悠闲的下午。

果树像一把筛子，把阳光筛成一个个跃动的光影。在这样一个远离喧嚣的地方，在这样一段不受打扰的时光里，你可以把自己想成一棵树、一朵花抑或一阵风，也可以和落在对面椅背上的小鸟相视到物我两忘的境界。

当然我知道这不仅仅是一个普通的天然茶吧而已。

这里曾是也依然是剑桥学子爱来的地方，或步行，或骑车，或撑篙。本来果园只是一个果园，茶屋也只是一个茶屋，但1897年一群剑大学生偶发的奇思妙想——把茶屋搬到果园里去——竟然开启了去格兰切斯特坐在繁花满枝的果树下享受下午茶这一剑桥传统。

这里也是诗人叶慈（W. B. Yeats）寻找配茶的蜂蜜却邂逅了一段浪漫的地方；这里还有拜伦爵士（Lord Byron）在剑桥读书时游泳的拜伦潭，据说星光下年轻的Brook和Virginia Woolf曾在这里裸泳；这里还诞生过一个名人济济的"格兰切斯特团体"（Grantchester Group），其成员包括小说家福斯特（E. M. Forster）、诗人布鲁克（Rupert Brook）、西方著名哲学家伯特兰·罗素（Bertrand Russell）、画家约翰·奥古斯都（Augustus John）、经济学家凯恩斯（Maynard Keynes）、哲学家维特根斯坦（Ludwig Wittgenstein）。为区别于英国20世纪初伦敦著名的一个号称"无限灵感，无限激情，无限才华"的知识分子小团体"布鲁姆斯伯里团体"（Bloomsbury Group），弗吉尼亚·伍尔夫戏称这帮人为"新异教徒"（the "Neo-Pagans"），虽然他们中很多人分属这两个团体……

当你看着那些发黄的老照片上这个果园在上个世纪初甚至上上个世纪的面貌,你会吃惊地发现一切还是旧时的模样——时光真的在此停下了脚步,任世事变迁、岁月流逝。

想起龙应台在《目送》中所说:"每一个被我'看见'的瞬间刹那,都被我采下,而采下的每一个当时,我都感受到一种'美'的逼迫,因为每一个当时都稍纵即逝,稍纵,即逝。"

躺在墨绿帆布的木椅上,想象着花开的声音,想象着果实的色彩,想象着夏日的星辉,想象着冬日的白雪,直到太阳慢慢地收起了她的光辉,直到黄昏悄无声息地侵入这片安详宁静的所在,欲语已忘言……格兰切斯特!

格兰切斯特茶园

再 访 伦 敦

A Second Trip to "the Dear Old London"

在家已蛰伏了一段日子。由于天气阴冷,加上时不时下雨,我总提不起劲儿外出。但时间一久,脖子、眼睛全不对头了——脖子发僵,眼睛干涩。人闷久了,也忍不住想伸伸腰。

明天林老师就要回国了。我们约了在市中心小聚。天还在下雨。王老师说明天也去希斯罗机场,一来送送小林,二来熟悉下环境。因为再过三周,她也要回国了。一想到我被落在后面,又是一个人,不免有些落寞。从咖啡店出来,雨止了,再走两步,天居然亮了,隐隐显出蓝色来。我突然心血来潮,说:"我也去!"

第二天一早先送孩子。我跟他们说我赶时间去伦敦,Philip 一如既往地懂事,连小 Alan 一路也没捣什么乱,我们早早赶到学校,校门刚开,我跟他们挥手再见。

我不打算原路返回,虽然比较熟悉。根据我的观察,从他们学校门前的希尔路应该也可以到城市一路(City 1)的公交车站。果然一刻钟后我就坐上了车。王老师和林老师住在市郊一个叫 Jenny Wren 的地方,坐车就要近半个小时。剑桥的路很窄,加上上班高峰,车子那叫一个慢。司机还负责售票,不急不忙的,车上乘客似乎也不急,就这么开开停停,但我还是提前半小时到了她们的住处。

林老师预定了出租,十点钟,我们准时上路。

一路上大片的绿地、闲适自在的羊群、金黄的油菜花让本来思家心切的小林又对剑桥生出无限的眷恋来……大约一个半钟头后,我们在希斯罗机场的三号航站楼门口下车。退税的地方很是醒目,中国人不少。小林办完退税,一切顺利。出来才发现人越来越多,队伍早排出门外。

林老师的飞机还早,我说我们干脆和你一起回去得了,我们都笑了。唉,机场特有的气氛让人一下就有了回家的渴望和冲动!得和小林说再见了。异国他乡,虽然认识不久,但感觉还是有一种纽带把大家连在一起,值此分别,不免心生惆怅。

希斯罗机场比较旧,五号航站楼(Terminal 3)没去看,但三号航站楼(Terminal 3)就很一般,天花板低低的,味也不太好,远不及浦东国际机场高大明亮。

从里面出来,对面就是电梯,两分钟后我们就坐上了皮卡迪利线(Piccadilly)的地铁。

我先是到伦敦市中心的特拉法加广场(Trafalgar Square)。这是英国为纪念特拉法加海战的胜利而建的一个著名广场。广场很古典,正中竖着一根五十几米高的圆形纪念柱,顶上是领导这场战役的纳尔逊将军的铜像。纪念柱下面是方形石头基座,上有浮雕,记录了这位将军生前指挥的四场著名战役。最底层的四角分别安放着四座铜狮,煞是威风。孩子们忍不住,前赴后继地爬上去。

这个广场因为鸽子成群又称"鸽子广场",似乎是伦敦人生活中非常重要的一个活动中心:他们集会在这里,狂欢也在这里。而四方游客也喜欢来到这里,他们在阳光下懒洋洋地坐在水池边、台阶上。红嘴红脚的鸽子则在他们脚下跳来跳去,时不时还会"扑棱棱"的飞起夺食。国家美术馆门前,街头艺人正在表演,周围热闹非凡,笑声不断。等这拨表演结束,那边一个姑娘又开始拉小提琴。

英国国家美术博物馆(National Art Gallery)就在广场的正北。这座博物馆的馆藏虽然没有那么丰富,但每年的参观人数却极为惊人,据说仅次于卢浮宫、大英博物馆、美国大都会美术馆(奇怪!中国的故宫博物馆呢?)这座美术馆很纯粹,没有雕塑,都是13到19世纪的绘画作品。我觉得这是很明智的,因为雕塑作品应该是卢浮宫的亮点。

一个展馆连着一个展馆,一扇门通向另一扇门。我不懂画,但达·

芬奇、拉斐尔、塞尚、梵·高、提香的名字不能不让人肃然起敬。我想学艺术尤其是学绘画的到了这里一定心跳加速。

西洋画和中国画给人的感觉是截然不同的。那些油墨重彩的西洋画大都以古希腊罗马神话或圣经内容为题材,那似乎是画家取之不尽用之不竭的源泉。当然也有市井生活的再现。人物画占了绝大多数。西洋油画对人体的表现可谓不遗余力,尤其注重比例、层次和光线,感觉厚重。而中国水墨画似乎更热衷花鸟虫鱼,然后托物言志,更强调神似和意境,比较飘逸。

我常常觉得自己在音乐、美术方面的修养很欠缺。人多一门学问就多为自己打开一扇了解世界的窗口,那里面一定有些美不胜收的东西,但作为门外汉只能浅尝辄止,这就是人的局限性。但我想,一个人,具备了爱美之心,如果能经常流连于画廊、博物馆、艺术馆,一定可以极大地陶冶性情,并获得一双懂得美、欣赏美的眼睛。

从"艺术天地"出来,我们就近坐地铁去了伦敦最繁华的商业区邦德街、牛津街和贝克街。出了地铁就感觉被人流携裹着向前。踮踮脚,前面居然都是人头。就人口密度而言,直逼南京夫子庙或上海外滩。这里既有门帘窄小的旅游纪念品店,也有古色古香的百年老店和各种奢侈品专卖店。我们一路逛过去,感受着伦敦奢华的一面。

如果说伦敦的地铁有如迷宫,那张免费的地铁图和说明就是一把开启迷宫的钥匙。首先根据数字和字母组成的经纬图将你要去的目的地定位;然后找出相应的那条线路,这些线都以不同颜色作出标识;确定线路后还要搞清朝向:东南西北向(eastbound or westbound, northbound or southbound),然后大致看下几站路,也可以听广播、看站台,确定是否到站。上次去伦敦之前没做功课,就在不同线路上绕了两次,看来会看地图很重要。

第二次来伦敦,一个很大的收获是能够自如地使用地铁了。伦敦的地铁四通八达,毫不夸张地说,它已成为这个城市的一种生活方式。在地铁站问人固然可以达到目的,但永远没有长进,应该学会自己看图。其实一旦搞清规则,就不会晕头转向,还会其乐无穷呢,就像孩子在迷宫里面乐此不疲。每次和那么多肤色各异的人乘那个长长的、陡陡的电梯缓缓上行,看着平行的另一侧,那么多人正缓缓下行,直上直下,令人目眩,而这都是在伦敦的地下,就有一种科幻片里的感觉——以后星际之间会不会也是这种运输方式啊。

回到剑桥已经晚上九点多了,房东说我真会挑日子,今天不但伦敦天气好,白天的剑桥也是阳光灿烂呢。虽然我一出车站,又开始下雨。四月从雨中开始,在雨中结束,期待明媚的五月!

伦敦街头

牛津之行

A Trip to Oxford

英国的牛津、剑桥在中国人嘴里就像中国的北大、清华,少了一个似乎就不完整。这既反映了二者之间几乎不分伯仲的地位,也隐含着双方之间无时不在的较量。

五月的天不但没有明媚起来,还阴冷得让人疑心,它再也暖不起来了。等看来不是一个好策略。既然下不下雨,就出去走走吧,目的地——牛津。

这次采用了一种新的交通方式——coach,也就是长途汽车。优点:便宜(从剑桥出发,来回居然只要 13 英镑)、方便(班次多,上车地点就在米尔路上,走过去三分钟的路,晚上迟点回来也无所谓)、沿途风景好。唯一的缺点是耗时,大概有三个小时的车程。不过旅游从来不是只有目的地,旅游即心情,而心情从上车的那一刻起就已经在路上了。

这次票是在网上买的,支付时遇到一个小小麻烦:长城国际卡为保障持卡人的账户安全,新设置了一道安全屏障。在网上进行支付时,银行会向你之前登记的手机发送一个即时验证码,只有输入正确密码,才可以动自己卡上的钱。电信手机在出国前就闹罢工,撑到最后,终于无法开机了。没办法只好致电中行,它有一个海外电话,在核对了有关信息后,承诺把验证码发送到我现在的手机上。十分钟后收到信息,购票成功!

一大早从容地去"车站"。说车站,其实就在帕克绿地边上。跳上车,向司机出示预订号码(reservation number)(都没扫印,直接抄在纸上)就 OK 了!而且因为人不多,我和王老师坐了七点的车,意外赚了半个小时。

一路大片大片的油菜花和绿色的草坪相得益彰,时不时还有羊群点缀其间,即便蓝天白云临时缺席,还是让人心旷神怡。

一直觉得英国的羊过得很奢侈:大片大片的草地上,它们就那么三三两两,懒洋洋地或卧或坐或站,呼吸着乡间清新的空气,享受着阳光绿地……如今都市人狭小逼仄的生存空间与之相比实在逊色多了。

其实不光羊,所有的动物在英国都活得极有尊严:且不说宠物狗、宠物猫,万千宠爱在一身,天鹅、野鸭、鸽子、松鼠等也无一不活得滋润。有时你都分不清:是它们在你的地盘上,还是你在它们的地盘上,事实上你都不该那么想,显得狭隘。你只能说,这里是你们的,也是我们的,但归根结底是我们大家的,和谐!

但有一个问题想不通:沿途永远是大片大片的绿色,除了草地,应该也有庄稼,像小麦什么的,但却从来看不到一个辛勤耕作的身影。人呢?

途中经过 Bicester Village,就是那个许多游客(特别是中国游客)趋之若鹜的奢侈品集市"比斯特购物村"。据说许多世界名牌在这儿低至四折就可以买到。过了这村没有这店,我们车上不少人下去,也有人上来。两个很年轻的中国男孩手里大包小包,袋子上都是著名品牌的 Logo,乘客纷纷侧目,中国想不名声在外都难啊!

终于到了牛津的格洛斯特格林(Oxford, Gloucester Green),此行的终点站。这次因为时间比较紧,我一改之前兴之所至的随性做法,在网上读了些攻略,做了些功课,希望能最大程度地"去有所获"。有位牛津毕业生在充当了无数次业余导游之后,整理了一份非常完备的导游"图"发布在网上。事后证明确实厉害。不光我,另一个中国游客一路也是将之奉为宝典。在此,我们要向他致敬!

有了线索,找路果然有如神助。但很快同行的王老师就提出"抗议"。她说我怎么觉得我是在和"他"一起游牛津啊?我突然忍不住大笑,可不是吗?我们一直被人牵着鼻子在走,他的路线、他的视野、他的评价。当我不时掏出笔记本印证所见时,真正的"风景"却在不经意之间从心上溜走了。我们决定收起本本,放开感觉。

在牛津,城市和大学合为一体——你中有我,我中有你。像所有的灵秀之地,这个地方也离不开河流的滋养:泰晤士河上游与切威尔河呈丫杈状流经这儿。Oxford 一词就有"公牛涉水"的意思。

无论走在哪里,你都能感受到古老的历史和传统。来来往往的除了慕名前往的游客,就是当地人。当地人中相当一部分是牛津大学的师生,难怪这儿学院氛围如此浓厚。但这种气场又不是盖多少楼、招多少学生就可以营造出来的,根基底蕴使然。一批批游客来了走了,留下牛津的师生们在这里教书学习生活;一批批学生来了走了,留下这个古老的学术城堡迎接新的天之骄子。

在新路(New Road),一栋看似貌不惊人的建筑却原来是纳菲尔德学院(Nuffield College)——社会学的大本营。它的对面是牛津城堡(Oxford Castle):古老的石块垒起的城堡高高在上,一侧是个覆满绿色的小山包,有人登高远望。女王街(Queen Street)和圣埃尔代茨(St Aldates)交叉口有卡尔法克斯(Carfax)钟楼,建筑不高,但钟下的两个彩色小人却非常生动。

很快我们来到了著名的基督学院(Christ Church College)。据说这是 J. K. 罗琳笔下神奇的魔法学校的原型。学院的大厅(Hall)很有名,《哈利·波特》电影曾在这儿取景。厅内彩绘玻璃上还有爱丽丝漫游仙境的卡通像。本来心心念念来看那个 Hall,结果因为学生今天举行毕业典礼停止对公众开放,心里不免有些失望。但很快就发现单是学院的大教堂(Cathedral)和草坪(meadow)就值得一看,更不用说我们还看到了楼梯口桌上摆着的香槟、穿着正装的学生、典礼结束后步出礼堂的教授和毕业生。有个披着黑色学服的中国男孩在草坪前驻足,他的女朋友手捧一束鲜花。男孩请我给他们和老师合张影。从镜头里看出去,远景是古老的学院建筑呈环形铺开,中景是一碧如洗的芳草地,近景是那张年轻且意气风发的面庞……我用心调整着画面,随着"咔嚓"一声,这个珍贵的瞬间在我的手中定格。所以上帝如果在你面前关上一道门,他一定会为你打开另一扇窗。我们错过了哈利·波特用餐的地方,却邂逅了毕业典礼之后的牛津教授和学子们。惊喜!

从后面出来是默顿街(Merton Street),非常幽静,很像剑桥的三一巷(Trinity Lane),真正的石子路。两旁古老的学院奥瑞尔(Oriel)、考珀尔(Corpul)、莫顿(Merton)却不对外开放,我们也无意打扰,只是静静地走过,静静地离开。其实作为游客常常会忘记这里是大学、是牛津师生工作学习的地方,任何的喧哗和过分的好奇都是不相宜的。

莫德林学院(Magdalen College)是三大古老学院之一,以四方院、麋鹿著称。牛津大学新学院(New college)那儿居然也有座叹息桥,不知又是什么典故。那个有着半圆形绿顶的谢尔登剧院(Shedonian Theatre)的后面是埃克塞特学院(Exeter College),据说是钱钟书先生当年学习的地方,正门在特尔街(Turl Street)上。我们还参观了科学历史博物馆(Science History Museum),里面古老的望远镜、各种仪器、钟表、实验器材无不体现人们对科学的执着。据说,里面的黑板爱因斯坦写过,望远镜牛顿看过。真真假假已不重要,科学精神才是真谛所在。

牛津大学

我们还慕名去了布莱克维尔(Blackwell),这是一个知名度极高的学术书店。整个布局颇具匠心,人进入其中就像被卷入了知识的漩涡。最难忘的是一个七八十岁的老者,戴着老花镜,拐杖放在一边,膝上摊着一本厚书,一边翻看,一边在笔记本上写着什么。那种忘我的状态衬着一头白发,实在让人感佩。

牛津也不是只有书,适逢周末,考恩街(Corn Street)上热闹非凡。小摊子沿街摆开,行人纷纷驻足。步行街上各种杂耍表演正热烈进行着,人群中不时爆出阵阵笑声。还有人在路边自弹自唱,空气中弥漫着一种轻松欢快的气氛。

人们常问牛津、剑桥有何不同,我的印象却是它们有太多的共同之处:中世纪的建筑、门头上古老庄严的徽章、芳草萋萋的庭院、幽静的巷子、骑着自行车的学子、风度翩翩的教授、浓厚的学术氛围,个别学院甚至不介意重名,连划船(punting)也是两个学校共同的爱好,毕竟它们之间有血缘关系。

从考文特花园到海德公园和肯辛顿宫
From Convent Garden to Hyde Park and Kensington Palace

考文特花园（Convent Garden）其实是个商业集市。周日，我们到得很早，除了稀稀落落的游客，整个伦敦似乎还未从周末的宿醉中醒来，等我们转回来的时候，集市的大幕才终于拉开了。

在苹果市场（Apple Market），行人熙熙攘攘，卖手工制品、艺术品的摊位一个接一个。它们的特点在于手工原创。在这个高度工业化的时代，人们对那种独一无二、极具个性、手工制作的东西反倒钟爱有加；卖家介绍自己东西时那种溢于言表的自豪感不亚于一个艺术家面对自己心爱的作品。虽然电视节目丰富多彩，但周日人们似乎更喜欢走上街头观看艺人的表演。其实这些杂耍艺人并非有多高的技艺，但幽默风趣，极具煽动性，和场外观众的互动十分频繁，而观众也肯积极配合，所以整个表演笑声不断，最后大家也不吝腰包。

露天咖啡座也是一个令人放松的好地方，周围嗡嗡着各种语言，空气中飘着咖啡的浓香，不远处正在表演。清风吹着，阳光照着，鸽子飞着，风琴响着，英国周末商业步行街的氛围大抵如此。品牌店集中在一个玻璃穹顶之下，这似乎是英国典型的商业布局，剑桥的 Lion Yard 也不例外：光线充足，漫步其间，不用担心风吹日晒雨淋。两侧的店依次排开，非常方便消费者。一家店卖的都是些厨房用品，什么烤面包机、电热水壶、蒸蛋器，但初看你绝对想不到它们的实际用途，因为件件精美得如同艺术品一般，似乎在提醒人们：平凡的生活中美无处不在，生活原来可以更美的。这是不是对人们司空见惯的日常生活的一种陌生化处理呢？

海德公园很大，四处都是大片绿地，间或有花穿插其间加以点缀。

人们或坐或卧。有进行马术训练的孩子在公园里悠闲地骑过，还有很多轮滑爱好者在里面一较高低。长水河（Long Water）上有很多游船，水边的草坪上则散放着一张张躺椅，可以望向水面，游人游船尽收眼底。演讲角（Speakers' Corner）的气氛和周围的轻松休闲形成强烈反差。这里的主角为了一个共同的目的走到这里：声明主张，说服他人。他们几乎无一例外地为政治、宗教、环保、动物大声疾呼，个个能言善辩，激情四溢。自备一个小三角梯，站在上面，也没有扩音设备，就那么声嘶力竭地讲着。围观的人还会与之辩论，双方都极认真。总之，这个国家有许多传统继承得很好。

肯辛顿宫曾是戴妃的住所，我对宫内种种没有太大兴趣，最喜欢的还是这里的大花园，尤其那个天鹅湖，真如童话一般。湖呈心型，一汪湖水，润泽如宝石。天鹅不是一只两只，而是三五成群地游弋其上，美得让人心醉。衬着蓝天、碧树、芳草地，想象着戴妃生前的模样，风中似乎隐隐响起那支纪念戴妃的《风中之烛》（Candle in the Wind）：

> Goodbye England's Rose
>
> May you ever grow in our hearts
>
> You were the grace that placed itself
>
> Where lives were torn apart
>
> You called out to our country
>
> And you whispered to those in pain
>
> Now you belong to heaven
>
> And the stars spell out your name
>
> And it seems to me you lived your life
>
> Like a candle in the wind
>
> Never fading with the sunset
>
> When the rain set in
>
> And your footsteps will always fall here
>
> Along England's greenest hills

在康河的柔波里
In the Gentle Waves of River Cam

Your candle's burned out long before

Your legend ever will

Loveliness we've lost

These empty days without your smile

This torch we'll always carry

For our nation's golden child

And even though we try,

The truth brings us to tears

All our words cannot express,

The joy you brought us through the years

Goodbye England's Rose

May you ever grow in our hearts

You were the grace that placed itself

Where lives were torn apart

Goodbye England's Rose,

From a country lost without your soul,

Who'll miss the wings of your compassion,

More than you'll ever know

And it seems to me you lived your life,

Like a candle in the wind

Never fading with the sunset

When the rain set in

And your footsteps will always fall here

Along England's greenest hills

Your candle's burned out long before

Your legend ever will

歌词译文：永别了，英国玫瑰，愿你永远盛开在我们心中。你是仁慈的化身,关怀庇护颠沛流离的人们。你向我们的国家大声疾呼,你对苦难中的人轻声安慰。现在你已去往天堂,群星也将你的名字闪耀。你的一生,就像是风中之烛,即使大雨倾盆不止。光芒从不随夕阳消失。而你的足音将永远回响在英国最青翠的山岗上。蜡烛终会燃尽,你的传奇却将永世不朽……

今天玩得极其放松,一直到晚上近九点才坐上返回剑桥的列车,天光竟还微微亮着。

肯辛顿宫的天鹅

大学图书馆——柔软的、静静的时光
The Quieter You Become, the More You Can Hear

都说到了剑桥就想读书了,而到了剑桥大学图书馆,才突然觉得心一下子静了。

每次都是步行过去,一路的风景着实养眼。穿过帕克绿地那一大片草坪,看季节更替中四周原本光秃秃的树木如何披上新装;穿过狮场有穹顶的商业街,汇入熙熙攘攘的人流,信步浏览精美的橱窗;来到自由市场摆满水果鲜花蔬菜工艺品的露天摊位前,空气中早已飘起咖啡的浓香;穿过"三一巷"幽深的巷子,看三一学院古朴的木门,想象门内曾有过的人生;来到康河上的一座拱桥,照例在桥上稍作停留:静静的康河时雨时晴,点缀着撑篙的身影。野鸭和天鹅总是不甘寂寞地随行左右。桥下,小径右手,一排树木之后,是一大片草坪,左手是条从康河分出的窄窄河道,水很清,看得见水底层层的腐叶。有时天鹅居然上了岸,极其笨拙地走着,没了水中高贵优雅的身姿,却多了几分地上天真可爱的模样。

穿过马路,走进一个两面都是灌木的绿色通道,图书馆正位于这样一个绿色环抱的幽静所在。门前草地上的小花星星点点,蓝的,紫的,白的,细细的花茎在风中摇曳,野趣盎然。一扇窄窄的黑色铁门上有大学的徽章。走进去,眼前便豁然开朗。建筑无论从造型、颜色到材料都设计得颇为低调,但也许馆藏和深厚的积淀才是它的高调之处吧。门前有张海报,是四个世纪的馆藏展示,标题是"架上人生"(shelf lives),突然觉得这才是图书馆的魂之所在。

楼前总是停满了车,不少人远道而来,还有人拉着旅行箱、坐着轮椅而来。门口台柱的造型细看竟是一摞参差的书,上面还覆着一本看了一半的书——一个看似简单却恰如其分的意象。

这里的门总是很厚重,这里的书总是铺天盖地——书室、走道、头顶、脚下、桌上、各个角落——这里的光线照例有些暗,这里的灰尘却是难免,这里的味道有点久远,这里的人常常步履匆匆,这里的书室有如迷宫,熟悉了却四通八达,这里的墙上总挂着先贤的巨幅画像,这里展柜的藏品总给人一种强烈的历史沧桑感。

这里既有白发苍苍的老者,也有年轻鲜活的面孔,还有坐着轮椅的访客。各个书室总是安静祥和,茶室里却总是人声鼎沸。时间在这里过得飞快,日子倒变得充实。这里的每一本书都有独一无二的"身份",但只要握有那个"芝麻开门"的口诀,就一定会在某室某架的某一层发现你所希冀的宝藏。

桌上大都堆满书,里面参差地夹着条子,但上面的日期和人名却日新月异。三天不到,书自归架,图书馆的活力由此可见。馆内有九大书室,待在北翼的时间较多。有时看书良久,猛然抬头四顾,发现远远还有几盏灯幽幽地亮着;周围一片静默,偶尔有电脑敲击的声音。有时即便一个人坐在那里,也不会感到害怕或寂寞,特有的氛围柔软地包裹着你,有一种时间凝固、岁月静好的感觉。

我常看到一个老人,颤颤巍巍的,似乎一阵风都能把他吹倒,但他仍然哆哆嗦嗦地来,哆哆嗦嗦地去。也许他曾是剑大知名的教授,也许他曾有过辉煌的学术生涯,但现在这些对他已然不重要了,他只是一个平凡的读者。看着他,一方面感慨人生的无奈和凄凉,一方面想:这之于他,何尝不是一种打发人生的方式?有些人选择了宗教,有些人选择了主义,有些人选择了饮食男女,有些人则选择了学问……每个人都竭力从自己的选择中寻找一种称之为"生命的意义"的东西。都是打发人生的不同方式吧。

就说那个老人,他的身体已是弱不禁风,但他的思想依然可以很强大。架子上的书,细想都是有生命的,而且都是有思想的生命,有它们陪着,人生也许会多一些乐趣、少一点寂寞。不论贫穷富有,不论强健孱弱,不论热闹寂寞,不论声名显赫还是微不足道,来到这里都可以体会坐拥书城,国王一般的感觉。

　　周围很安静,只有身后顶灯定时器结束的声音有时会吓人一跳,但习惯了也就成为这里读书经历不可或缺的部分,还有穿梭于各个书室的人踏在地毯上的脚步声,就像心脏跳动的声音经过放大:"嗵嗵嗵嗵",像鼓点般撼人心魄。沉浸在书中的人们只一味地出神,早就进入物我两忘的境界。

大学图书馆一侧的小门

视角·洞见

A New Perspective for Deep Insight

　　最近很少写日志了。记得跨文化交际课上老师曾讲过一个现象：人一旦跳出庸常生活（routine），置身一种全新的文化和生活环境，起初会感到种种不适，但感官会异常敏锐，好奇心会异常活跃，对新鲜事物充满激情。只是这个阶段注定不会长久，很快周围一切就会变得司空见惯，感觉日渐迟钝，思维趋向麻木，审美进入疲劳期，由此形成一种新的常规。

　　其实这并没有什么不好，也许这才是生活的常态。激情总有消减的时候，人也不能总活在亢奋中。庸常虽然有些一成不变，但它能给人一种安全踏实的感觉。就我而言，"行"程过半时候，终于从游客心态转成了常客心态。我知道英国的天并不总是阳光灿烂，也不用借助密密麻麻的文字证明自己的存在。当然人需要不断接触外界的新生事物，但人终究不能总靠外界的新鲜刺激过活。长久之计也许是在每日的程式化生活（daily routine）中采取新的视角（new perspective），获取对于生活的洞见（deep insight）。

　　我现在常常提醒自己，放慢脚步，将心沉下去，把周围的一切纳入思考，深度感受这个城市、这个国家。

等你在老地方

They Will Always Be There for You

三天没去,不知桌上的书还在不在?昨天我一到剑大图书馆,就直奔北翼而去,书果然不见了。也难怪,三天的限期,人不来总不能影响书的流通。由此带来的小小不便是必须的,也是可以理解的。

重新查书号,一本在一楼,另一本在三楼。站在一楼的书架前按号索书,单等芝麻开门。可是长长的"口诀"就在最后一个数字——我要的那本书那里——突然卡壳了:书架上,曾经摆放书的位置,就像拔去了一颗牙,留下一个明显的空洞,一时让我既疑惑又失落。上三楼,希望另一本还在,但接下来的经历居然和刚才一模一样。

既然系统显示有(available),会去哪儿呢?我咨询前台的工作人员,他也感到不可思议,说工作人员收了书会立即上架,绝不会耽搁的。我疑心是不是有人直接拿到别的书室去看了。因为没借出,所以也不会有记录。他建议我隔天再来。

第二天我上楼时忐忑不安且完全没有信心。拿了书号奔书架,再次念动"芝麻开门",一长串数字之后,睁眼,定睛,惊喜!昨天的那个空洞已消失,取而代之的是那本失而复得的书。它悄无声息地立在那儿,一时让人好不激动;再奔三楼,另一本果然也不负所望,静静等我在老地方,不禁长长舒了一口气。有时在书室你很少看到工作人员,但他们的工作看来无时无刻不在进行中。拿到书,有一种特别心安的感觉,因为知道它们会等你在老地方。书如此,希望人也一样。

伦 敦 印 象

A Brief Sketch of London

  我发现英国人对蓝、红、白有特殊的喜好。这是他们国旗的颜色，也是这个国家向世界递出的一张色彩名片。走在大街小巷，处处可以看到这红蓝白的演绎：遍布伦敦的地铁站标识选择了红蓝白；英国国家快运公司(National Express)的车身也选择了这三色；伦敦塔桥，甚至一些城市建筑，也巧妙融入了这几种色彩，更不用说大大小小的饰品……英国国旗的一个正十字和两个交叉十字分别代表英格兰、苏格兰及爱尔兰的守护神。至于为什么选择这三种颜色，我猜蓝色象征着海洋。作为大西洋的一个岛国，作为曾经的日不落帝国，其航海是这个国家的生存之道和崛起保证，因之也被称为蓝色文明。红色象征着活力、冒险和勇气。都说英国人保守，但对红色却情有独钟——红色邮筒、红色电话亭、红色双层巴士，连卫兵的制服都是红色，这种红甚至有个名称叫"伦敦红"。白色可以象征光明——太阳的万丈光芒，也可以象征真理——真理总是至简至真的。这三种颜色的组合的确很经典、很英伦，非常醒目也很清爽，大大彰显了他们的民族自豪感。

  相对来说，这个国家的旅游品开发就显得有些千篇一律，缺乏创意。弄来弄去无非就是把各大旅游景点或王室成员印到T恤、书签、杯子、瓷器、铁皮盒、冰箱贴、钥匙串、茶叶罐、桌布、日记本上……还有就是毛绒玩具及当地特色明信片。

  伦敦街头总可以看到跑步的身影。这些人大都身形健美，像羚羊一样。尽管生活在钢筋水泥的丛林里，尽管周围车马喧嚣，这些人总是弹跳着、喘息着，汗津津却充满活力地飘过你身边，给这个城市带来特殊的活力。

影像中的英国也大都集中在伦敦。

我最近疯狂看电影。下面是已看和将看的目录:《魂断蓝桥》(滑铁卢桥、滑铁卢车站、圣保罗大教堂、泰晤士河)、《勇敢的心》(苏格兰高地);诺丁山(诺丁山、蓝门书店)、《哈里·波特》(牛津大学的基督学院 & 伦敦国王十字车站,国王十字车站是哈利从伦敦去霍格沃茨的必经之路,还有基督学院的那个餐厅)、福斯特的《莫瑞斯》(剑桥大学)、《101条斑点狗》(圣詹姆斯公园)、《国王的演讲》(乔治六世——现在伊丽莎白二世女王的父亲)、《女王》(现在女王戴妃出车祸之后的一段艰难时日,还有布莱尔,其中有白金汉宫、温莎城堡)、《伊丽莎白一世》(童贞女王)、《年轻的维多利亚女王》(维多利亚女王)……一边看一边印证。最近英国举国在庆祝女王登基 60 周年(Diamond Jubilee),受到感染,特地买了两本书:《戴安娜——她的真实故事》(*Diana: Her True Story*)、《我们的时代——伊丽莎白二世时代》(*Our Times: The Age of Elizabeth II*)。越来越旁门左道了,但快乐却是由衷的。

伦敦街头

泰晤士河

River Thames

第一次选择坐国家快运(National Express)的长途汽车去伦敦,来回车票 13 镑。在网上买了票,选择 mobile-ticket,直接发送到手机上。计划玩的三个地方都在威斯特敏斯特区(Westminster),可以直接在泰晤士河岸(River Bank)下车,不需要坐地铁。

今天是周三,一周里就只有这天,西敏寺从早 9 点开到晚 6 点,不用赶时间。买了早上 5:30 的票,如果晚上 8 点回剑桥,在伦敦可以从容地玩十来个小时。长途车站几乎在门口,所以虽然比火车慢一些,无论从经济和便利的角度看,这种出行方式都适合我!

记得上次坐 mega 长途去牛津,一路上成片的油菜花还让我惊叹不已,这次花色已很淡,满眼的绿色中只隐隐还有些许的黄未完全褪去。岂止四时景不同,一别数日物已非。

这次一个人去伦敦。在泰晤士河岸下车,直接就走在了泰晤士河边。大本钟和议会大厦就在不远处,西敏寺近在咫尺。伦敦还未完全从梦中醒来。河边的环卫人员正在清扫岸边游人留下的垃圾,咖啡店的员工陆陆续续正在把桌椅往外搬,游手好闲的我便开始用相机从各个角度捕捉泰晤士河、大本钟、国会大厦和伦敦眼的优美身姿。北岸南岸、桥上桥下,逛累了,就坐在泰晤士河边的木头长椅上补充给养。

威斯特敏斯特区是伦敦的心脏,也是游人最为密集之处。看到威斯特敏斯特宫(英国国会大厦),脑海里情不自禁就会出现 stately, grandiose, lofty, noble, majestic, dignified, magnificent, regent, impressive(庄严、宏伟、巍峨、富丽堂皇、高贵、王者风范)这些词。这栋哥特式建筑绝对堪称杰作。泰晤士河边虽不乏奇特的现代建筑,但和威斯特敏斯特宫比起来就显得微不足道，形容模糊，很难给人留下深刻印象。无论站在哪个角度，这栋建筑总是先声夺人，牢牢锁定人们的目光和相机的焦点。

等我转了一大圈，人家才开始售票。有伦敦眼、泰晤士河游轮、杜莎夫人蜡像馆、伦敦地牢、水族馆可供选择。我选了 London Eye Wheel(30min) + Thames River Cruise(40min) 的组合票(伦敦眼观光 30 分钟 + 泰晤士河游轮 40 分钟)。先坐游轮，上船前心情大好，打了通电话给爸妈，汇报了一下近况。

坐在露天一层的第二排，视野极其开阔。有群孩子在老师的组织下也叽叽喳喳地坐过来，一路都有专业人员讲解，诙谐幽默，标准的伦敦腔。穿过滑铁卢桥，想起《魂断蓝桥》里凄美动人的故事。一开始，玛莎和罗伊不就是在这里相遇并一见钟情的吗？驶向伦敦桥——泰晤士河上第一座也是最著名的一座桥，素有"伦敦正门"之称，非常之伟岸，两座方塔远看如同皇冠一般庄严。看到它，耳边就会响起那首知名童谣"London bridge is falling down, falling down"("伦敦桥要倒了，要倒了")的声音。还有现代风格的"千禧桥"，显然推崇的是一种"工业美"……每过一座桥，一阵风吹过，孩子们便不约而同地发出阵阵欢呼，稚嫩的声音、纯粹的快乐极大地感染了满船的游人。经过每座桥，桥上都有人向我们挥手，讲解员建议我们以同样的方式向对方回礼，这会给自己带来五年的好运。我估计这个说法已经深入人心了，于是桥上桥下的人都在热情挥手，忙得不亦乐乎。皇室家庭的巨幅黑白照几乎覆盖了一幢建筑的正面。其时的女王还是风华正茂的年纪，其时的哈里王子还是学童模样。如今女王已近 90，连查尔斯王子都垂垂老矣，时间这把杀猪刀刀刀催人老啊。今天可把这一带看了个透：先是步行在北岸、南岸、桥上、桥下，各个角度转了一遍，接着乘游轮在泰晤士河上 40 分钟一个来回听解说，接着在伦敦眼的透明蛋壳里从不同高度 360°俯瞰周围，结束后又观看了一个 4D 的片子，居高临下，飞跃大本钟，算是过足了瘾。

听一个老头说他是第一次来,也许是最后一次。听到这样的话多少让人有些伤感,但事实也确实如此。有很多美景,在当时,我们都对自己说,我一定会再来。但事实上,对很多人来说,这也许真的就是今生最后一次,时过境迁,谁知道以后是多久,以后是否还有以后,所以要享受当下,这是唯一可以把握的。不妨把每一次都当作一生仅有的一次经历去珍惜。

泰晤士河岸

西 敏 寺

Westminster Abbey

　　来英国后,我看过不少教堂,包括约克大教堂、杜伦大教堂、剑桥的圣三一教堂、牛津基督学院的教堂。不同教堂各有千秋,但西敏寺仍然是独一无二的。这既在于它有上千年的历史,也在于它的皇室血统还有名人殿堂效应。哥特式建筑特有的恢弘气势,加上皇室的非凡气度,名人的耀眼光环,用"富丽堂皇"、"高贵典雅"、"美轮美奂"来形容绝不为过。

　　对皇室成员而言,他(她)们中的许多人一生都与此寺密不可分——出生、加冕、婚礼,直到葬礼。历代各国的皇室都极其重视身后之事:埃及有金字塔、木乃伊,中国有皇陵,英国有西敏寺。这和他们的基督教信仰有关吧,永远在上帝的庇护之下。

　　我对女王还有些概念:嫁给了英格兰的伊丽莎白一世,现在女王的曾曾祖母维多利亚,那个有"血腥玛丽"之称的玛丽一世。至于国王,除了爱美人不爱江山的爱德华八世,也就是著名的温莎公爵,还有现在女王的父亲,那个奥斯卡获奖影片《国王的讲演》中的乔治六世,其他像詹姆斯、亨利、爱德华、威廉、乔治、理查几世还有各种宗教历史在我是一脑子浆糊,看过西敏寺后立时有种冲动,要把这些我在参观时很模糊的东西脑补一下。

　　寺里有科学家达尔文、牛顿的纪念碑,也有政治文化名人的墓地,一位无名战士也在这名人济济的殿堂中享有象征性的一席之地。"诗人之角"照例最得游人的眷顾。从乔叟开始,每个名字都令人肃然起敬。据说这里举办过的文学葬礼,多得可以成书。葬礼的来宾几乎囊括了当时英国所有文学名人。但亨利·詹姆斯在参加完"桂冠诗人"

丁尼生的葬礼后,却感慨在那样一个美丽的日子,在那样美的西敏寺,在众多声名显赫的来宾中,"少了些我不知道是什么的真正深刻的东西"。名利场无所不在,即便在上帝的殿堂。在西敏寺无上的荣耀之下,皇室和名人,谁为谁增添荣耀?权力还是科学和艺术?

　　为庆祝女王登基60周年,寺里特举办了伊丽莎白二世图片展,都是世界顶级摄影大师的作品:从最初的黑白照渐渐过渡到后期的彩照,非常直观地回顾了女王与西敏寺的深厚渊源。当女王还是一个不谙世事的孩童时,她的父母就把她带到这里,后来因为命运的特殊安排,她在27岁时成为英国女王并在这里举行了加冕,她与爱丁堡公爵的婚礼也是在这个教堂里举行的。另外,威斯敏斯特教堂还是威廉的母亲、戴安娜王妃1997年举行葬礼的地方。2011年女王又在这里见证了孙子威廉和凯特的世纪婚礼,女王百年之后,这无疑又是她最后的归宿。这些照片通过一些重要时刻,凸显了女王和西敏寺特殊的渊源关系,看后令人动容。

西敏寺

科茨沃尔德——英格兰的心脏
A Trip to Cotswolds, Heart of England

这个周末在英国非比寻常,因为紧接着就是 Jubilee Bank Holiday,这个银行假日是为庆祝女王登基 60 周年的钻石庆典而设的,属于皇室宣布的假日(Holidays by Royal Proclamation)。很多官方庆典活动之前就在温莎拉开了序幕,接下来将在伦敦掀起一个新的高潮:街道派对、马车巡游、泰晤士河上千舸争流、皇家空军飞行表演、白金汉宫音乐会、皇家花园野餐、英联邦烽火点燃仪式等。这两天电视也好,商业活动也好,周围人群也好,都拿 60 年庆典说事,连房东家的孩子,问他们怎么不过"六一"儿童节,他们奇怪地看着我说:"We are going to have a one-week-Jubilee Holiday soon"(女王 60 周年庆典,我们马上就要放一周的假了),而且非常激动地告诉我他们周末去伦敦。估计游客多半奔伦敦了。

一睹王室风采或零距离感受现场气氛固然是个不小的诱惑,但一想到那个喧嚣,就有些犹豫。再说人山人海,如果没有身高优势,估计也就是数人头了,不如看电视直播。所以当伦敦成为万众瞩目的欢乐海洋时,我决定走进宁静的英国乡村。

世上确实有那么一些地方,素昧平生,却让人一见如故,甚至默念她们名字的那一刻,身未动,心已远。比如香格里拉,比如泸沽湖,比如天山。因为遥远,因为向往,从而变得尤其美好。这样的地方世界上还有很多。

在林语堂看来,世界大同的理想生活就在英国的乡村,而有"英格兰心脏"(Heart of England)之称的科茨沃尔德则不愧为英国最美的乡村。虽说它没有法国的普罗旺斯、意大利的托斯卡纳那么声名远扬,但她的美即便只在简·奥斯汀的小说里已令人陶醉。

一直向往英国的乡村,也早就听说过"科茨沃尔德"的美,当6月明媚的阳光暖暖地照在身上时,我对自己说:"还等什么呢?"

科茨沃尔德的田园风光

旅行不只是看景

Travelling Is More than Just Going Sightseeing

怀着一份美好的向往,我孤身一人踏上了前往科茨沃尔德(Cotswolds)的旅途。"一个人走路,才是你和风景之间的单独私会。"龙应台如是说。

科茨沃尔德位于英格兰西南,它并非一个行政区域,周边的牛津、巴斯、莎翁故乡都在这个范围内。那些美丽的大小村镇像一串珍珠散落在起伏的丘陵之间,散落在青山绿水之间。

打算把科茨沃尔德的莫顿因马什(Moreton-in-Marsh)作为落脚点。它本身虽然不是一个特别有名的景点,但交通很方便。从那儿可以前往远近不少村镇。剑桥并没有直达科茨沃尔德的火车,期间需要转乘:先从剑桥坐火车到伦敦国王十字车站(London Kings Cross Station),再坐地铁到帕丁顿站(Paddington Station),在那儿乘火车到莫顿因马什。

周日八点半火车准时从剑桥出发。但走了一半,火车突然停半道了。广播里通知说:由于前方突发状况,本次火车要晚点了。我开始并不在意,等久了就有些着急,怕误了下一班火车。本来衔接的时间还算宽裕,但如果一直等下去就难说了。我问身边一个女孩刚才通知里有没有提及确切时间,她无奈地摇摇头,原来她也要在国王十字转车,也在发愁。她很热心地从手机上调出伦敦地铁图给我看,于是我们就开始聊天。她父母家在剑桥,她每年有一段时间在意大利教孩子英语。孩子们放假,她会和其他老师组织他们来英国玩。这次她是应邀到一个朋友那里。她又问我从哪里来、到哪里去、干什么的,并推荐给我一些好玩的地方,像什么英国南海岸萨塞克斯的丘陵地带、位于英吉利海峡的多佛港。她告诉我在多佛白崖上英吉利海峡的美景可以一览无遗。不知不觉中火车又启动了,而我们的谈话还在继续。

我想这也许就是一个人旅行的好处,当你只剩下自己的时候,就会更多地把目光投向你周围的陌生人。在异国他乡,中国人非常喜欢扎堆,这本无可厚非,因为很舒服、很安全。经常看到一大帮中国学生上街购物,去餐馆吃饭或外出旅游。热闹固然热闹,也免去了寂寞,但无形中似乎把自己圈进了一个小圈子,失去了很多和当地人交流的机会。从语言学习和文化习得上不能不说是一个损失。其实英国人也和中国人一样害羞,一旦开了个头,他们多半很乐意交谈。到国王十字车站时,我们已像熟人一样互道珍重、挥手再见。

赶到帕丁顿时,离下一班火车还剩20分钟。两个小时后从莫顿车站出来,我开始打听预订的酒店。之前预订房间时,就发现价格已一路飙升,热门景点加之旅游旺季,想找一个便宜点的单间不容易。比较了半天,看到一家叫"皇冠旅店"(Crown Inn Hotel)的宾馆。根据描述,位于布罗克莱(Blockley),离莫顿因马什应该不远。考虑到这是目前能找到的最便宜的住处了(两个晚上65镑),我毫不犹豫地定了房间。只隔了小半天,再上网看,所有单间都没了。我这还是提前了近两周呢,心里不禁暗自庆幸。

这会儿,在莫顿的大街上,我从容地掏出确认信,开始向当地人打听这个布罗克莱,连问两个人居然都摇头,我心里开始发毛,爱丁堡晚上差点无家可归的感觉又回来了。这时天开始下雨,好在时间还早。正要给酒店打电话,看到一位高高大大的老先生迎面走过来。我问他布罗克莱在哪里,他很吃惊,说你怎么去,我说我走着去啊;他说那个地方很远,我说无所谓啊;他说要走近两个小时呢,我大吃一惊。本来走走也无所谓,问题是不认识路,知道的人似乎也不多,而且车道很窄,两边就是草坡,连人行道都没有,很不安全,加之还下雨。我问他是否有公车,他说周日没有去那儿的,我晕!我问去哪儿叫出租呢,老先生说:"你跟我来吧。"

我就跟他一路走,期间他打了若干个问询电话,又领我到两个酒吧问路,原来他也只是知道个大概位置但没去过。我们在雨里走了十几分钟,来到他家。我还好,打着伞,他虽然戴着帽子,但身上全湿了。我心里实在是过意不去,但老先生很热心,让我在客厅等他一会儿,自己上楼去了。下来时换了外套,手里拿着车钥匙说:"我送你。"

就这样,他一路开车把我送到村子里,送到位于半山坡的酒店门口。停了车,又陪我一起去前台。当我在办入住(check in)的时候,他非常严肃地跟前台讲,他们应该明确告知客人实际的距离,而不应该用一些模糊的字眼诸如"附近"之类的误导客人;另外他们还应该告诉周日入住的客人班车的运行状况。我看老先生一板一眼地在那儿为我维权,真的好感动。其实也怪自己考虑问题不周,至少打电话问下"附近"(near)到底是什么概念。人家那儿的客人大都是自驾游,所以人家也不觉得公交车那么重要。临走前,老先生还留了自己的住址和电话,说有需要,他可以接我去车站。又敦促前台打一份公交班车时刻表给我,方才离开。本来安顿下来后就想打电话表示感谢的,但因为住得比较高,手机没有信号,就耽搁了。

第二天早上开门,看到一张酒店前台的留言。原来老先生不放心,又通过酒店让我给他回电话。我赶紧下去到村子的绿地上(Village Green)打电话,接听的是他夫人,她一听我说话,就说"你一定是……",又问"你现在好吗?"老先生又问需不需要回头送我去车站,我说有公车,就不麻烦他了。但其实很想当面再感谢一下他的。世上有些人,注定这辈子都不会再见面,但在相互交错的那一瞬间,他们身上发散出的光和热会温暖人一辈子。我在心里默默祝愿他:好人一生平安!

被困布罗克莱

Blocked in Blockley

领到钥匙,我才发现这个小酒店坐落在半山坡上。客房散落在一条蜿蜒的坡道两边,沿着小道拾级而上,最高处有一排三间房,呈L型分布:典型的蜜蜡色石灰岩砖墙,白色门窗,中间那个门上钉着金色标牌28的就是我的房间了。门口靠墙有张长木椅,篱笆边上有一张方桌配着几把椅子,估计天晴的时候可以边喝茶边欣赏美景,真正的山景房啊。俯瞰村子,隐约可见绿树掩映的屋顶,抬头是起伏的远山,满眼的绿色,山间特有的清新空气夹着雨丝扑面而来,鸟在林间婉转啼鸣,手机信号直接消失,传说中的世外桃源就是这个样子吧。打开门扔下包的一瞬间,我不由自主叹了口气:"太好了!"

但很快我就得到了一个坏消息:不光周日没公车,接下来的两天是银行假日也没公车,这两天我注定要被困在这个叫作布罗克莱的小村子了。想起老先生之前在车里跟我开玩笑,说你真会选地方,Blockley!Blockley!!英文里Block有"阻塞,阻滞"的意思,可不是被困住了吗?之前是进不去,现在又出不去了。这个地方,我虽然一见倾心,可考虑到行程安排,总共才三天时间,我还有一长串目的地呢。总算领教了英国的银行假日,每逢这个时候,几乎所有公共服务都处于瘫痪和半瘫痪状态。手里拿着那些目的地,怎么办呢?计划赶不上变化啊。哎,来都来了,索性好好休个假,我立即把之前的三天两夜调整成了六天五夜,虽然有些心疼胖了(英镑),但心情一下放松了,想想整六天呢,慢慢玩吧。

这个叫布罗克莱的村子似乎没有什么知名度,也难怪我的旅游目的地上没有它。若不是机缘巧合,我肯定不会来到这里。但就是这么

在康河的柔波里
In the Gentle Waves of River Cam

一个几乎没有任何商业气息的小村子给了我最完整、最原生态的英格兰乡村及其生活的印象。

放下包,洗了个热水澡,喝了咖啡,吃了面包,我就迫不及待地打了伞出门去。下了坡就看到一条蜿蜒起伏的小道,小道一路向下,两边是住家,一侧有石头护栏,石缝里爬满白色的雏菊,随风轻轻摇摆。黑色的薄薄的屋顶,蜜蜡色的古朴石墙,白色的门窗,墙上、门边爬满植物的藤蔓和艳丽的蔷薇花。

因为是丘陵地带,整个村子都是依着山势而来,高低起伏,自然流畅;绿色覆盖,安静祥和。最高的山坡上有个village hall,相当于村委会的议事厅吧;在相当于谷底的山下有个学校;半山坡上有个小商店,出售日用品和食物蔬菜,一间很温馨的咖啡室里有一转子的沙发,村民可以在这里喝下午茶,看报聊天,它还兼着邮局的功能,真是"麻雀虽小,五脏俱全"。

顺着坡道再往下,就来到一块相对平整的地面:右手边是一个大草坪,这个草坪要高出地面两米,近乎圆形,周围用大块不规则的石头给它箍了个边。拾级而上,才发现这个绿草坪本身就是高低起伏的,曲线柔和优美,上面错落有致地安放了秋千、滑滑梯、小木屋、单杠、木头桌椅……显然是一个给大家,包括孩子,休闲娱乐的地方。紧挨着这块公共绿地的是低下去的另一块草坪,修剪得整整齐齐,周围有围栏,是进行体育赛事的。坐在绿色草坪的秋千上,可以望见对面的山林和田野,视野开阔,满目青翠。远处有个方型的、高高的石头建筑,四个尖角,一样的蜜蜡色,不用说就是教堂了。小村子里有两三家旅店、一两间酒吧,当地人出行大多开车,这是这个小村镇唯一让人觉得现代的地方。

拐角处有一个可以遮风避雨的石屋,上面钉了一块牌子,原来是公交站台。走进去,迎面内墙上雕刻着一尊王冠,下面的记述文字已经有些模糊。经仔细辨认,原来这个石屋是该村全体村民于1953年为纪念伊丽莎白二世女王登基而建的。而如今正逢女王登基60周年的钻石庆典,也就是说,这个小小石屋已经经历了60年的风风雨雨,既是向女王致敬,也为村民遮风避雨。岁月赋予它的独特历史价值于今尤显弥足珍贵。也许是下雨的缘故,很少看到人,偶尔有几个遛狗的身影。

转了一圈,雨大了,我便返回住处看电视。此时的伦敦泰晤士河上正人声鼎沸,上演着350年来最热闹的场面:七位皇室成员,上千的船只,超过一百万的现场观众,伦敦的今天注定要载入史册。天公却似乎无意奉承女王,一味地下雨,但风雨似乎也阻挡不了人们的热情,歌声和欢呼声此起彼伏。天气寒冷、潮湿、多风,那又如何,现场解说员说,这才像英国嘛!可不是,远在科茨沃尔德的我也感同身受啊。看着电视画面觉得特别亲切,因为上周三去伦敦就在这河岸附近转悠。国会大厦、大本钟、西敏寺、伦敦塔桥、滑铁卢桥、远处的圣保罗大教堂的圆顶、泰晤士河两岸、伦敦眼……恍惚间,仿佛自己也置身于围观的人群中,但估计他们没有我看得这么清晰全面。瞧,女王的面部特写、凯特王妃裙子的褶皱都一清二楚呢。

布罗克莱

神奇的布罗克莱

Blockley: A Magic Place

第二天清晨,推开门,阳光耀眼,绿色新鲜得如同新榨的果汁,草叶在晨光下熠熠生辉,很快就打湿了我的鞋子。银行假日的第一天,我八点多逛出门去。

来到村里那块起伏的绿地上时,几乎不见人影。不远处一只松鼠睁着圆圆的眼睛,和我四目相对,静默良久,瞬间又消失得无影无踪。脚下湿漉漉的地面上伏着一只蜗牛,大半天一动不动。

我坐在秋千上荡来荡去。初升的阳光照在身上,远山与我若即若离,周围安静得像个梦!各种小精灵不知疲倦地发出各种奇奇怪怪的声音:近处的,远处的,清脆婉转的,暗哑深沉的,来自树梢的,来自林间的,来自大地深处的……我竖起耳朵,努力捕捉空气中的每一丝震颤,有间或的鸡鸣,有偶尔的犬吠,远处依稀还有羊儿咩咩、牛儿哞哞,各种鸟儿更是分成若干个声部,彼此应和着,教堂悠远的钟声突然惊起几只鸟雀,所有这一切汇成了袅袅的天籁之音,在六月的英格兰,在科茨沃尔德一个叫作布罗克莱的早上。

我走下绿地,一个人继续游荡。偶尔有村人经过。有人好奇地打量我,闷闷地说声"早上好",更多的人牵着狗、低着头,从你身边默默走过。想起崔健的那首摇滚歌词:我要人们都看着我,却不知道我是谁。

去村里的小店买了些面包和牛奶,回到住处,才发现鞋子已经全湿透了。好在有吹风机,接下来几天全靠它了。继续看电视,这才像度假嘛。关于女王钻石庆典的现场直播一直在不间断地进行。一则突发新闻(breaking news)引起了人们的普遍关注:原来菲利普亲王因膀胱炎发作住院了。也难怪,九十几高龄的人,怎受得住这连日马不停蹄的日程安排呢?昨天的伦敦风雨交加,泰晤士河上千舸争流。女王和亲王几乎自始至终站立船头,还要向欢呼的人群挥手致意,的确不容易。报纸上用了这样的标题:The Queen Ruled the Wave。由此可见,英国人是多么缅怀他们曾经在海上创造的辉煌。如今亲王住院,女王心里必定牵挂,她自己其实也很疲惫,但作为女王,她还得宣布:"活动继续!"她将如期出席今晚白金汉宫音乐会。

前一阵看了很多有关女王的专题片和大量珍贵的影像资料,深感女王在履行公众责任(public responsibility)与维护私人生活(private life)之间的不易。皇太后在世时,她是女儿,是妻子,是母亲,最重要的,她还是女王,是一国之母,是皇室的门面。维护君主制是她一生的使命,而她也不负这一使命,各界都盛赞女王几十年如一日的尽责和奉献精神(service, dedication and commitment)。Sky TV 还专门制作了一个"女王与我"(The Queen and I)的专题片,帮助人们从各个角度了解女王。但不管怎么说,女王的内心永远是个谜。女王是矜持的、内敛的,即便有儿童献花,她也绝不迎合世人的期待。她永远只是作为一个符号和象征被解读,作为个人这是悲哀的,但作为女王这却是让人心生敬意的。

英国首相已是第十一任了,女王还是那个女王,铁打的女王流水的首相。她的第一位首相是温斯顿·邱吉尔,那时她还是一个羞涩的小姑娘,岁月给了她阅历和智慧。这次庆典,英国人是冲着女王去的,但这似乎更像一个全民狂欢,你可以说女王是主角,也可以说她的钻石庆典给了大家一个释放情怀的机会,一个感受欢乐的机会,一个抒发民族自豪感的机会,一个提振信心的机会,一个尽情疯狂的机会。

鞋子干得差不多了,电视也暂告一个段落。我又逛出门去。走着走着,隐约有音乐声从坡下传来,快到小卖部时,我简直不敢相信自己的眼睛:像被一根魔杖点过似的,整个村子已经变成了欢乐的海洋。不知从哪里冒出这么多人,高处一长串的红蓝白小国旗迎风招展,道路两旁不知何时搭起那么多彩棚和摊子,有卖书的、卖食物的、卖小饰品的、卖玩具的,欢快的音乐在草坪上流动。周围是熙熙攘攘的人群,孩子们躲来闪去好不热闹，还有穿着奇装异服的，其中一个装扮得像女王，原来是奇装秀（fancy fashion show）。

最热闹的要数狗狗秀（dog show）。英国人爱狗是深入骨子里的，否则也不会有"Love me love my dog"（爱屋及乌）这样的谚语了。那种一家亲的感觉让你恨不得也养只狗。见过狗狗，没见过这么多狗狗；见过比赛，没见过这种比赛。参赛的狗狗有的是村里的，有些是坐车远道而来的。

比赛由一个叫"爱犬基金"（Dog Trust）的机构赞助。虽然有个主持人，但一点都不严肃，整个比赛也完全不专业，大家更多是图个乐子。他们想出的名目还真五花八门：最佳牧羊犬、最佳搜救犬、最美面孔犬、最像主人犬、最善摇尾犬、评委最爱犬、王者之相犬、综合最佳犬。一拨接一拨，你方唱罢我登场，犬吠声、欢笑声此起彼伏，欢乐极了。每只狗狗都全力以赴，为荣誉而战。它们一个个使出浑身解数，八仙过海各显神通，有的以优美身材获得青睐，有的以得体装扮轻松胜出，有的一味卖萌大获人气，有的憨厚老实也打动人心。他们的主人也很逗，各个年龄段都不乏其人，有的孩子和狗狗一同出场，搞不清是孩子遛狗，还是狗遛孩子。比赛过程中，狗狗彼此间亲热异常，主人之间也似乎一下亲近起来。最有趣的当然是"最像主人犬"的比赛。因为还没正式开赛，看他们上场就让大家笑翻了。我猜一位男士和他的那条狗有希望获胜，理由是他们都憨憨的像大熊猫，我旁边那位猜是一位女士和她的哈巴狗，理由是她们的发型太登对了，我们各执一词，她于是喊她的朋友来猜谁会猜中，还没等她朋友发表意见，结果已经公布，我猜中了，大家简直笑疯了。下场前一些狗狗已经开始不友好了，大家一致认为它们是互相嫉妒。

我置身在这欢乐的海洋中，还是有点不适应，这就是那个我早上走过的安静小道？这就是我待过的静谧的草坪？简直判若两个世界啊。这种热闹景象一直延续到晚上，村子绿地上支起电视屏幕，现场直播白金汉宫音乐会，同时燃放烟花。璀璨的烟花把乡村的夜空装扮得妖娆多姿，孩子们追逐着、嬉闹着，空气中弥漫着特殊的节日气氛。永远难忘这夜幕下草坪上的乡村节日！

徒步林间，我的最爱
Woods Walking, My Favorite Thing

第二天，又开始下雨。电视里，女王正前往圣保罗大教堂做感恩弥撒，我决定下回去伦敦一定要看看这个教堂，那个黑白菱形的地砖，那个看似一把剑的图案，还有女王就坐的那个位置。

村口除了庆祝女王登基 60 周年的小彩旗还在，一切又恢复了之前的平静。我闲来没事就在村子里转——教堂学校，山上山下。正打算往回走，看到坡上有个布告栏，上面有很多为庆祝女王登基 60 周年而举办的活动，有什么烧烤节、园艺秀之类的，可惜都是过去时了；再往下看，眼睛突然一亮，下午两点有个 5 英里的林间徒步走（5-mile long woods walk），对参加者也没什么要求，只要自备舒适的鞋子即可。这正是我的最爱。不知是不是和童年经历有关，最喜欢在林子里面徒步。之前在杜伦、在湖区都乐此不疲。如果一路人迹罕至又风光无限，那就是心头最爱，再来点爬山涉水就更是诱惑难当了。记得在澳大利亚时，住家的女主人带我们去做过一次"林中跋涉"（bush walking），当时走在岩石和丛林间那份雀跃的心情，现在似乎还记忆犹新。

离活动还有一个多小时，决定吃了饭再来。回到住处的酒店，一进餐厅，就有个家伙跟我"考恩尼奇哇"，原来他把我当日本人了，我顿时觉得有义务跟他普及一下"你好"。

点了一壶茶，要了一个牛排汉堡。等了半天，上来一个巨无霸的汉堡，一时愣在那里，不知怎么下口。接下来发现牛排都煎糊了，我就跟服务员说这个煎过头了，吃这种烤焦的肉对健康不利。也不知是缺乏常识呢，还是装聋作哑，对方居然说"怎么会呢"，在架子上烤，焦点总是难免的，我无语。

吃完,发现雨一点都没小,我怀疑活动会自动取消。抱着试试看的态度,我前往集合地点。通知上说是"邮局广场"(Post Office Square)。可村里就只有这么一个邮局,哪有什么广场嘛。站在邮局门口几乎看不到什么人,而不远处有位老太太在停车,我就过去打听 square 在哪里,她问"你是参加林间徒步吗",我大吃一惊。她说她也是来参加这个活动的,边说边从后备箱拿装备——冲锋衣、长筒雨靴、帽子、手杖。她告诉我她以前在这里住过七八年,现在是来参加活动的。我问会不会因为下雨取消活动,她说总会有人来的。原来小卖部门前那块真的就是广场了,我暗自发笑,总不能指望一个小村子的广场和伦敦的特拉法加广场一样吧,这里的一切都是简单而实用的,宁静的生活正源于此啊,再一次体会到:生活可以更简单,却更美好!

等了会儿,人们陆陆续续来到邮局门口,一个个都穿着冲锋衣,有的还带着步行手杖,一看就是经常参加户外徒步的,只有我不伦不类地打着伞、穿着开衫,好在运动鞋还算给力。来的老头、老太居多,虽说年纪不小,但一个个精神抖擞,只有一对年轻人,好像是情侣。老太太不忘介绍我和大家认识,其实那么多名字我一下根本记不住。随队的还有一个穿制服的专门负责安全。他们都是熟人,很快三三两两热烈地交谈起来。我突然觉得有些尴尬,觉得自己是不是有些二。转念一想,管他呢,跟着走不掉队就是了。这时的我还没有意识到此行将是最值得珍藏的一段记忆。

我们一行大概 11 个人,跟着领队很快就来到了一条步道(footpath)的入口处。雨还在下,天很冷,路不太好走,有些地方甚至有些泥泞,我一步一趔趄地跟在后面。我们一阵子来到幽暗的林中,一阵子来到开阔的田野。组织这次活动的是一位叫 Keith 的老先生,他会时不时在一棵植物旁停下脚步,或在一条小溪旁稍作停留,和大家谈论一种他们都很熟悉我却完全陌生的动植物近况,看得出他们经常搞这种活动,并熟悉这里的一草一木。我本以为布罗克莱就那么大,现在看来却别有洞天。我越走越高兴,慢慢就自在了,也时不时和同行的人聊两句。因为走得快,很快就追上了走在头里的领队 Keith。他已退休,现在是志愿者,专门负责探路、绘制实用性的地图确保路线安全,然后组织大家参加这种户外跋涉。说到 footpath,我说我发现英国到处都有这种专供行人使用的步道,有人甚至为文学伦敦也规划出若干条步道(Walking Literary London),英国简直是步行者的天堂啊。老先生立即来了精神,说美国虽然国土面积很大,却没有这种专设的步道。他又拿出地图让我了解我们今天的步行线路。原来今天要走三块林地,高高低低,起起伏伏,丘陵地带的魅力正在于此。老头的知识面还真广,一路为我普及了步道在英国的历史。因为英国土地财产私有,所以本来是不能擅自穿越他人土地的,但有那么一帮人对此极为不满,为争取自己的权利,他们不惜冒险穿越,被称为 trespasser(侵犯他人土地者)。后来这种情况越来越多,似成燎原之势,政府也开始关注此事,那些土地拥有者想想堵也不是办法,与其让这些人乱跑,还不如辟出一条路来专供他们穿越。最后通过立法,英国就有了越来越多的步道。但规定也是很严格的,只准在这条道上走,左右可就是私人财产圣神不可侵犯,其实大家互相体谅下世界就和谐了。这条路我只在最后拍了两张照片,但所有的美都装在心里。那种从幽暗的林子一路攀高突然来到一大片开阔绿地上的感觉真是"山重水复疑无路,柳暗花明又一村"。那种大踏步的豪迈、那种气喘吁吁、通体变暖的舒爽让人欲罢不能。布罗克莱是个与我有缘的地方。一切不在计划中,一切又早已为你安排,有一些景你不能错过,有一些人你要认识。不知谁说过,那些最美的瞬间、那些最打动人的时刻都是我们在意外中获得的,而且是免费的。

此行还有一个收获:当 Jane 得知我中午在皇冠旅店里吃了烤焦的牛排后深表同情,给我介绍了一个地方,说那儿的食物要好若干倍。当晚我就兴致勃勃地去了,想不到有那么多人。服务员问我有没有订座,我说人家介绍我来的,老板娘立即笑开了花。我说了 Jane 的名字,她好像对不上号,看来不是托。她问我是否介意到里间去,恐怕有些喧闹,我说没问题。里面有一个台球桌,几个少年在打球,音乐的确有些劲爆，不过老板娘很关照我，特地打发她儿子来问我还需要什么，我顺便把明天的交通打听清楚了。点了一壶茶、一份沙拉，还有蘑菇浓汤和面包。沙拉爽脆，汤浓郁，面包松软，暖暖的一壶茶驱走了所有的寒气。完美的一天！

徒步林间

斯特拉福——莎翁故里

Stratford-upon-Avon—Shakespeare's Hometown

第二天一早我就从布罗克莱坐公车直奔莎翁的故乡——斯特拉福（Stratford-upon-Avon）。

现在想来最美妙的一段居然是在从布罗克莱一路向北驶向斯特拉福的路途中。早7点左右，车上人不多。中途停靠许多和布罗克莱差不多的小村镇。

在经过昨天雨水的洗礼之后，清晨的阳光播撒下来，大自然的一切都焕发出神奇的光彩。两边的树木青翠茂盛，在车子的上方形成一道绿色的拱门，耀眼的阳光从树枝间播撒下来，筛成许多跃动的光点。路很窄，车子驶过时，树枝拍打着左边的车窗，发出"噼里啪啦"的响声。突然之间有种幻觉，像乘着阳光和歌声的翅膀在绿色中飞驰。水的面容在窗外一闪而过，田野里的小黄花一片片飞速向后倒去，青青麦田在风中掀起层层波浪，和远处的蓝天吻在一起。全程约40分钟，路途上看到好大一片乡村，虽然只是一闪而过，惊鸿一瞥，却令人难以忘怀。甚至想过明天是否要再重复一次这奇妙的感觉，但我知道：路也许还是那段路，但天气、时辰、光影、看景的心情，甚至包括昨日的雨水，都会让一切变得不一样。有些感觉也许只有一次，也许只存在于那一段见证奇迹的时刻里。

斯特拉福的空气中都是莎士比亚的名字：他的出生地，他的教堂，他的墓碑，他的河，他的雕像，他的剧院，他作品中的人物，他的传说……漫步Avon河畔，驻足莎翁像前，谈不上太多的惊喜，但似乎又是不可以错过的。

这个小镇曾经是屠宰场，如今旅游是其主要收入，所有这些都只拜一人所赐,那就是莎士比亚。尽管莎士比亚如今还是个有待探究的谜,小镇的人们却不以为然,他们照样不遗余力地深挖一切和莎翁扯上关系的人和事。在一处据说莎士比亚度过最后岁月的遗址上挖掘工作正在进行。还竖了块牌子:Digging Shakespeare!(挖掘莎士比亚)。挖出什么不重要,重要的是把人们的目光吸引至此。

时间还早,很多店铺尚未开门,我兴之所至地在大街上游荡,印象最深的就是具有当地特色的建筑:木石结构,黑白相间,对比强烈。乍一看很丑,线条歪歪扭扭,非常笨拙突兀,谈不上审美,而且感觉随时要垮塌,但退一步,远远看去,这儿一栋那儿一栋,倒也独树一帜、别具一格,就像一些儿童画,有一种朴拙之美。这里的房子大多冠以"Cottage"(村舍)而不是"House"(房子),但小镇的商业气氛太浓,怎么也找不到农舍的感觉。

因为时间充裕,我就准备办个全套的莎士比亚套餐:Shakespeare's Birthplace(莎士比亚的出生地), Nash's House & New Place(莎士比亚终老之地,同时也是他孙女婿的居所), Hall's Croft(莎士比亚的大女儿苏珊和丈夫的居所,17世纪的房屋), Anne Hathaway's Cottage(莎士比亚的妻子安妮出嫁前的居所), Mary Arden's House and Countryside Museum(莎士比亚姥姥家,他母亲在这儿长大),外加 Cruise on the Avon(埃文河巡游),也许就是这条河启迪了莎士比亚的汩汩文思呢。

Anne Hathaway's Cottage(安妮·海瑟薇农舍,即莎士比亚妻子的旧居)是个值得一去的地方。它远在郊外,终于让人找到了农舍的感觉。单是那个茅舍就很有特色,一见难忘。特别之处在于它的麦秆屋顶(thatched roof)。但它又不像我们旧时在农村看到的那种很简陋的屋顶,相反很精致、很艺术,也许是年代的关系,屋顶呈黑褐色,门窗上方勾勒出特别的形状来,线条极柔和,乃至整个屋子很卡通,在一片绿色中就像一个童话故事。据说,如今在英国买了这样屋顶的房子,就必须延续这一传统,定期更换屋顶,成本很高,物以稀为贵嘛。

屋子里面完全是那个时代的陈设。从壁炉、床到厨房,一应的起居,都是那个时代的风貌。在一处壁炉边,讲解员幽默地表示:当年的莎士比亚很可能就是在这里向安妮求婚的,并说自他担任讲解以来,就有四对情侣在这儿求婚,有三对皆大欢喜;只有一对,男孩子满怀期待,女孩子就是不吭一声。悲催啊!想来,如果他能求得那种神奇的魔汁,趁女孩在睡梦中点在她的眼睛上,就像《仲夏夜之梦》里描述的,就不用心碎了。

安妮的花园也很漂亮,据说莎士比亚的作品中很多花语就是在这儿得到的灵感。这里还新辟了一条林间步道,我自然不愿错过。步道是用碎木块铺就的,踩上去软软的,脚感特别好。一路上都可以看到一些特别的指示牌,不断鼓励人们向前,好不容易转出来,看到路边有一堆亮闪闪的"珠宝"和"王冠",原来是对刚才"历险"的奖赏。

另一个印象深刻的地方就是玛丽·雅顿之家及乡村博物馆(Mary Arden's House and Countryside Museum)。这儿是莎士比亚的外婆家,也是他母亲长大的地方。这里最大程度地还原了16世纪都铎王朝时期农庄的日常生活:漫步这里,经常发现自己身处几百年前的生活场景中,和那个时代的人面对面,他们只管做着自己手里的活计,一如几个世纪之前,那感觉,一个词:穿越!这在某种意义上也是一座乡村博物馆,由此可以看出英国人对传统的珍视和继承。

因为有的景点比较远,所以一路都乘坐那种随上随下(Hop On—Hop Off)的红色观景车,车上有双语解说,但听英文自然更过瘾。除了介绍景点,途中也讲了很多名人佚事和莎翁时代当地的习俗。有些听来颇长见识,有些则博人一笑。

最后坐船在埃文河上漫游。埃文河很秀气,河上的几孔石桥很古朴。有很多鸽子和天鹅,但它们似乎太饿了,饥不择食地扑向游人撒下的面包屑,完全失了风度。肯辛顿宫前的天鹅就显得高贵而有王者风范。看来,饿着肚子,谁都高贵不起来。

总体感觉,斯特拉福商业气氛比较浓,但就对莎士比亚的发扬光大而言,应该说做得很到位了。整个过程饶有兴味,虽然没有特别的惊喜和触动，但不来一下却也是万万不可的。

兴尽晚回车，不开电脑，一径入梦。

莎翁小镇

园子和茶室

Gardens and Tea Rooms

7号早上,老天完全不眷顾准备出游的我。风风雨雨不说,还寒冷异常。听电视里讲,今年的天气很不正常,这本该在秋季到来的暴风雨居然提前到6月了。早已习惯了这里反复无常的天气,不以常理度之,好的、坏的都接着。

今天打算去奇平卡姆登(Chipping Campden),考虑到明天要赶6点的火车,就一并把明天的斯托昂泽沃尔德(Stow-on-the-Wold)列入今天的计划。虽然两个地方南辕北辙,还要转车,但也不太远。镇子不大,很快就转了个遍。因为当地出产一种蜜蜡色石灰岩(limestone),所以建筑风格统一,色调也和谐一致,由此形成了科茨沃尔德(Cotswolds)特有的地方景观。

英国乡村有一个很大的特点,就是家家都很重视门前的风景并形成了一种传统。他们对园艺的热爱是发自内心的。家家门前院后都少不了花花草草,就像递出的一张张名片,绝不愿输给邻人:你有两盆悬着的红,我就有一株爬墙的粉;你家前庭开得姹紫嫣红,我家后院必修剪得赏心悦目;你园子布局独特,我必使里面的花草别具一格。篱笆那面的草总是更绿,是压力也是动力。喜欢花花草草、鸡鸭小狗的人们还把这些自然的恩赐印在茶杯上、围裙上、明信片上,让一切都散发出浓郁的乡村气息。

英格兰的乡村是讲究格调的:那或许是一幅半掩的蕾丝窗帘,或许是窗口摆着的一只古旧瓷器。咖啡馆一面是矮矮的屋顶,裸露的粗犷的石墙;一面却是柔和的灯光,不俗的摆饰,精巧的餐具,惬意的音乐,无不透着古朴自然,不知小资情调是不是源于此?

外面下雨,和许多人一样坐进这样一个茶室(tea room)消磨时间。一杯热气腾腾的咖啡或巧克力,耳边若有若无的音乐,让人忘了阴雨带给人们的低落情绪。人们说着新闻,讲着故事,开着玩笑,调着情,传播着小道消息,时不时再幽默一下……这或沉闷或悦耳的声音萦绕在室内,就像蜜蜂午后发出的嗡嗡声不绝于耳。空气中飘着咖啡奶酪蛋糕的香气,给人特别安逸的感觉。

蓝天白云下的科茨沃尔德固然美不胜收,但烟雨蒙蒙中的青山绿水也别有韵味。地面湿漉漉、黑黝黝,衬得草木越发青翠——带着水珠的清新。我在想,当人们在感慨这个国家无边绿色的时候,他们也许忘了正是这丰沛的雨水滋养了这绿,使之常绿常新、永不枯竭。对于英国乡间最深的印象永远是无边的绿色。绿色之外的绿色,一层层的绿色,深浅不同的绿色,雨中的绿色,阳光下的绿色,清晨的绿色,黄昏的绿色,水仙花映衬下的绿色,和蜜蜡色石屋相得益彰的绿色,坡上的绿色,水边的绿色,无处不在的绿色,永远的绿色。

蓝天白云下的科茨沃尔德

水上的伯顿和斯洛特

Bourton and Slaughter House

  8 号是在 Cotswolds 的最后一天,我打点行装背包上路。在布罗克莱的小站台等车时,阴云密布的天空中居然现出那么一小块弥足珍贵的蓝,一时大家都看到了希望。

  在登上公车的那一刻突然很想回头再看一眼。游人的脚步总是太匆匆,不及在一个地方作长久的停留,但我却从此对这个叫布罗克莱的地方记忆犹新:那个看得见风景的房间,那个村里唯一的小卖部兼邮局,那个高出地面的起伏的绿地,那个摆过我的秋千,那个肃穆的教堂,那个假期里空无一人的学校,那个只有当地人才知道的步道,那个村里人气很旺的酒吧……小镇的宁静,小镇的喧闹,小镇的人,小镇的狗,小镇孤零零的车站,小镇早晨初升的太阳,小镇夜晚璀璨的烟花,小镇的蓝天白云,小镇的阴雨霏霏,小镇深处的天籁之音,一切的一切,我想我小小地体验了生活在英格兰的心脏——科茨沃尔德中这个"困住"我的地方是种怎样的感觉。

  今天要去水上的伯顿(Bourton-on-the-Water)。雨是不下了,但天上一直飘着轻愁。清清浅浅的疾风河(Windrush River)从镇中心蜿蜒而过。两岸的树木郁郁葱葱,野鸭悠闲地凫过水面,一阵风吹过,带出阵阵涟漪,微微生出些寒意。古老的石桥年代久远,沿街的店铺和茶室人来人往却并无喧嚣。与之前小镇相比,伯顿无论从规模还是旅游的开发和配套上都仅次于斯特拉福。这儿有香水博物馆、汽车博物馆,当地人甚至还复制出一个有科茨沃尔德特色的微模型村(model village)供游人参观,但我更愿意走街串巷、漫步鲜活的村庄。在这里经常会想起江南小镇。周庄是知名度最高的,但就在游客趋之若鹜时,那最初的韵味却与我们渐行渐远。相比而言,我更喜欢一些较少商业气氛的地方。

在镇里转了一大圈后拐进当地的问询中心(Information Center),取了张地图,意外发现有一条通往斯洛特(Lower Slaughter House)的步道,我一下兴奋起来。沿着地图标注的路线,离开游人集中的镇中心,走到车站路(Station Road)的尽头,边走边查看地图,终于在一个丁字路口的右手边看到一块牌子:通向斯洛特的步道(Footpath to Slaughter House)。这会儿,雨停了,风却很大。我一个人踏上了一条窄窄的羊肠小道。两边看出去是起伏的丘陵和大片的田地牧场。旷野里突然有种"天苍苍,野茫茫,风吹草低见牛羊"的感觉。明信片上的科茨沃尔德总是在蓝天白云下绽放笑容,想不到在风雨里还让我见识了她不为人知的一面。从来没有这么近距离地饱览过马匹肃立、牛羊低鸣的场景:马儿或低着头默默食草或仰着头若有所思,牛甩着尾巴漫不经心地在牧场里走来走去,羊或卧或站,好奇地盯你半晌。从它们的神态最能体会什么是慢条斯理、有条不紊的生活方式。我的相机不知疲倦地在拍,脚下的路还在蜿蜒向前:清浅的小河一望见底,窄窄的石桥上隐约的青苔,田野深处孤零零的村舍,一栋在建房屋门前堆放着蜜黄色石灰岩石(honey colored limestone)……

在步道的尽头突然现出一个村子,"斯洛特"(Lower Slaughter House)是我目前看到的最秀气的村子,却似养在深闺人未识:门前古老石桥,潺潺流水,屋舍井然,园子里又各有风景。信步间,只碰到几个日本游客。据说日本人对这里情有独钟,所以很多小镇的商铺或景点没有中文但有日文说明,中国游客大都还是更喜欢斯特拉福的名气和热闹。

有个老太太非常热情地介绍我去小河对面的茶室。这其实是村子里的一个公共活动室。人们不光在这里喝茶聊天,还搞一些艺术品展示和慈善义卖活动。今天里面在进行慈善售卖活动(Charity Sale)。这里民风淳朴,我用最少的钱却吃到了非常美味的黄油司康饼(Scone with butter),还喝了一壶茶。他们告诉我,门前这条河有一个美丽的名字,叫"明眸河"(Eye River)。小河也确实水汪汪的,透着一股灵气。墙上有一幅绘画,是一个村子的景观。我看着眼熟,原来这是村子几年前的模样。但老先生说了,现在也差不多。有人说科茨沃尔德的美被过分夸大,但对我来说,这里不光有传统建筑、田园风光,还有当地人不急不躁的生活形态。这里有城市没有的清新空气,有来自大地深处的天籁之音,有一种我们久违的宁静的生活方式,有着几百年都不曾改变的乡村容颜。

旅游是看景,更是经历和发现。通过旅游,你会发现一个不曾了解的自己和世界。原来最爱的还是人迹罕至处的林中徒步,原来骨子里多少还有些探险精神,原来最大的快乐多来自那些计划之外的惊喜,原来素昧平生的人也会为你的旅途增添不一样的回味。

悠闲自得的羊群

帕克绿地上的城乡秀
Town & Country Show in Parker's Piece

剑桥的帕克绿地这个周末上演了一场"城乡秀"(Town & Country Show)。有点赶大集的意思,这个大集既不乏城市的时尚元素,也充满了浓郁的乡村气息。

像变戏法似的,一夜之间,偌大的草坪四周突然伫立起若干巨大的五彩缤纷的充气玩具:"高耸入云"的滑滑梯,碧波荡漾的充气游泳池,梦幻般的旋转木马,大伞似的迷你蹦极支架……绿地中央则遍布棚子和摊位。有一长溜的大棚,也有散落在四处的蘑菇样的小棚,还有全露天的,吃喝玩乐一应俱全。有些大型运输车,现场就变身为展台,无数的家长带着孩子蜂拥而至,立即让这里成为剑桥人气 No.1。

为方便游人,草坪上还支起了临时自来水供应点;为安全起见,还有提供紧急救助(first aid)的专业人员原地待命;消防车的身影也若隐若现,那些宣传 CD 的则义务提供现场乐队演奏,让整个草坪充满活泼休闲的气氛。彩球飘来飘去,木马不停地在旋转,冰激凌流动车永远是孩子们的最爱……流连在这样一种气氛里,连大人都回到了童年。

在众多安营扎寨的队伍里,有一支来自农场。他们占据了西南草坪的"半壁河山"不说,还特别动用了两辆大的重型运输车把农场的马、羊、狗、兔、鸟连同它们的口粮,还有音响设备,通通带到现场,光是负责主持、表演、管理的工作人员,男男女女老老少少就有十几名,全"明星"阵容,声势浩大。

他们的重头戏是展示一种重型马(heavy horse)。据说这个品种的马全世界也只有 450 多匹。以前在公园里经常见到马,那些马虽然打扮得漂漂亮亮,但总觉得缺乏精气神,像没了魂似的。来英国后,在牧场里或远或近也见过不少自由自在的马匹,但从未见过眼前这么彪悍的马:他们高大、伟岸、健硕,每一步都带着脚底金属发出的炫目光芒;每一步都彰显着肌肉里蓄势待发的力量;每一步都让你为它皮毛的别样光泽屏住呼吸;每一步都让你为它的王者风度倾倒不已。"太漂亮了!"几乎是每个人不约而同发出的惊叹。力与美可以如此完美地集于一身。

当一段爵士乐响起时,伴着深沉的男低音,这些训练有素的马像绅士一样,迈开步子,和着音乐,进退有度,风度翩翩。音乐深情款款,舞步温柔缠绵,全场出奇地安静。那一刻,我完全屏住呼吸,为之倾倒。仔细观察就会发现,自始至终,工作人员都在和它们轻声交谈,没有鞭子,没有吆喝,没有生硬的拉拽,交谈温柔得如同情人间的轻声细语。

非常后悔当时没有问一下那段音乐。回来后,凭着对歌词的依稀记忆想搜出那首歌,却任我如何努力都是枉然。不知为什么特别想通过那段音乐保留住那一刻特别美妙的感觉,但寻之不得,似乎是永远地失落了,只留下莫名的惆怅。

他们还有一个矮种马(giant pony)的表演十分精彩。音乐响起来,两名身轻如燕的女子似乎附在马背上一样,倒立、翻转、腾空、侧身、直立,飒爽英姿里透着青春、透着性感,让现场的观众为之疯狂。

接下来又牵出三匹小马进行障碍赛,那马迷你到和有些狗差不多大,实在惹人怜惜。诙谐的主持、亦庄亦谐的表演让大家笑声不断。

但凡表演,一定少不了狗狗的参与。工作人员在传动带上栓了一只类似肉骨头的道具,然后把几只小狗从笼子里放出来,肉骨头在传送带上疯狂地窜前窜后,引得狗狗前奔后突,尽折腰。为了增加欢乐气氛,他们又鼓动孩子参与进来。很快大大小小的孩子们就从围栏的四面八方向场子中央聚拢,有的走路还摇摇晃晃呢。结果狗追骨头,孩子们追狗,孩子们玩得开心不已,大人们也看得乐不可支。表演结束,工作人员又邀请大家上前和动物明星们亲密接触。

草坪空地上还摆了不少羊圈、鸡笼、兔子窝,空气中则弥散着动物特有的气味。孩子们怀抱小兔、锦鸡和一些叫不出名的小宠物,一脸的幸福满足。和动物的亲近感从小就是这样培养起来的。我想这种活动比干巴巴在课堂上教育孩子热爱动物、亲近自然要生动有效得多。

草坪上还有不少手工制品和传统技艺的宣传展示：木头制品、藤条编织技艺、石刻、花艺、酿酒工艺、蜂蜜制作、糕点加工，简直五花八门，让人眼花缭乱。还有一个老头现场展示如何用藤条做篱笆，他真的就地围了一圈篱笆，边扎边解说。还有一个场子专门展示古战场上士兵使用的铠甲，他们不仅安营扎寨，还穿着笨重的装备当场比拼刀法、剑法。

人们流连在各个摊位前，饿了渴了，就涌向炸鱼薯条、汉堡、咖啡、蛋糕、冰激凌的摊位（Fish & Chips, Burgers, Coffee & Cakes and Ice Creams）。草坪像一幅巨大的地毯，那些五颜六色的游乐设施和花花绿绿的大人孩子在蓝天白云下组成一幅流动的画面。看着周围梦幻般的城堡，听着手风琴演奏的音乐，身处流动的人群中，觉得帕克绿地真是个神奇的地方。它的神奇之处在于它是百变的，随时可以不一样的面目带给人新的惊喜。

所谓"功夫不负有心人"，回国后不甘心的我几经回忆搜索，那支失落的曲子居然"失而复得"，它就是加拿大著名流行爵士乐歌手Michael Buble 及其性感的《摇摆》（Sway）。

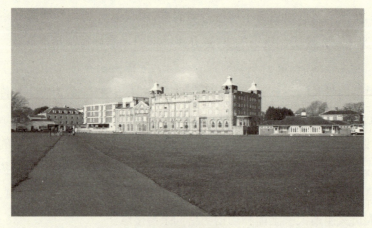

帕克绿地全景

做蛋饼的手艺人

The Memory of a Woman Making Homemade Pancakes

在帕克绿地的集市上看完那些手艺人的现场表演,不知是那些心灵手巧的手艺人一板一眼的敬业精神感动了我,还是我实在有点想家了,脑海里竟出现了一个我既熟悉又陌生的做蛋饼的手艺人。

那还是我在家的时候。起初去她摊上买蛋饼仅仅因为人气。生活常识告诉我,人气往往是口味的第一保证。果然,她做的灌蛋饼与众不同——从面的筋道到酱的独特——总之这个操着安徽口音的女人是个有绝活的人。每次去,她小小的摊子总是被围个水泄不通。人们宁可在清晨的寒风中苦等,也不愿到几步之遥的别的早点摊上将就凑合。这些粉丝数年如一日,不约而同地以这种默默的"坚守"表达着他们对于她技艺的认可。这种顾客忠诚度难道不是很多企业梦寐以求、竭力包装宣传却求之不得的吗?我猜她内心一定有些小小的得意,因为人到中年的她眉宇神情间完全没有那种为了生计一脸愁苦和麻木的样子。

去得久了,发现口味只是其一,她还是一个很有"派"的人。她的动作异常麻利且富有美感。如果把整个做饼过程比作一道生产线,一只饼的隆重诞生起码要经过 n 道工艺:取出醒好的面团,按、压、揉,撒芝麻、灌蛋、刷油,一丝不苟,竟是一气呵成,绝不拖沓,甚至充满了仪式感。她的动作忙而不乱,一拨和下一拨间,她把时间拿捏得近乎完美。但和冷冰冰的生产线不同的是,那一个个饼经过她的手,再香喷喷热腾腾地交到我们手中时,充满了浓浓的人情味。

在我印象里,她还是一个有"道"的人。她的许多做法很特别。比如,她从不用做饼的手抓钱,而是拿一把镊子灵巧地收钱找钱;她从不斤斤计较，偶尔有人差个块把毛把，她便说"没关系，下次补吧"；她很公平，不管围了多少人，她都于低头抬眼之间清楚地记得先来后到，不会有偏袒或含糊。即便你离开一会儿，也不用担心被人加塞，她在这方面异常死板不会变通，有时难免也得罪人。但久而久之，大家，包括小孩甚至被拒绝的人，都有了安全感。这就是规则的好处。老顾客她都记在心上，喜咸喜淡、爱葱花好香菜、刷酱的习惯她都了然于心，你的心被熨得说不出的服贴，就像回到了家。

日复一日，她就那么低头忙着，面团在她手下听话地被揉搓、拉长、压扁、灌入鸡蛋、烘烤、翻转。她全神贯注却又面面俱到，忙个不停却又有条不紊，她不善言辞却善解人意，她只是个普通的手艺人，一旦不在老地方，却让很多人——周边小区的居民，还有每日路过的孩子和上班族——的胃没了着落。熟悉的陌生人承载着太多人的回忆。

后来搬了家偶而出去做只蛋饼，每每失望。口味千篇一律毫无特色不说，单是抓饼的手又在盒子里翻钱就让人不寒而栗，也便会想起她。还有修车的李老头、补鞋的曹拐子、小区扫楼道的邱奶奶，这些普普通通的人们，这些生活中我们熟悉的陌生人，以他们的勤劳朴实、踏实肯干以及精湛的手艺改善着自己的生活，也改变着我们的生活。

我突然发现，任何事只要做到极致，只要有一份诚意，只要有一份信仰和自豪，都有一种惊人的美在里面。一碗面，一只饼，一双修补的天衣无缝的鞋，一辆瘫痪后经过拨弄又飞驰在路上的自行车……都能让人对那一双双或大或小或细巧或粗糙的手肃然起敬。

我向这些似乎微不足道的小人物们致敬！我希望中国和这个飞速发展的时代能为他们的生活也为我们的记忆留一个角落。

两 件 小 事

Details Make All the Difference

前一阵在网上预订过房间,随着旅游旺季的到来,最近邮箱经常会收到相关广告。最近有一个"Secret Deal"的促销活动,顾名思义,"好事不声张",所以代言的美女将食指放于唇前,作"hush-hush"状。我点开英国各地的酒店,居然看到了布罗克莱的皇冠旅馆,正是我之前去科茨沃尔德住的那家。

出于好奇,我想看看现在价格有什么变化,结果发现虽然打着促销的旗号,价格却有增无减,当然也不排除随着旅游旺季到来价格全面上浮的可能。让我觉得意外的是,关于这家旅店的描述文字发生了变化。之前针对地址(location),是说"靠近 Moreton-in-Marsh"(near Moreton-in-Marsh),以至于我到了 Moreton 后发现这个"靠近"不是一般的远,完全是开车的距离。开车送我的 Denis 到前台好一顿抱怨,批评他们的描述是在误导客人。这会儿描述虽然还有些模糊,但已把"靠近"改成了"外围"。整个描述变成了"Located in beautiful Blockley in the heart of the Cotswolds just outside of Moreton-in-Marsh …"(位于科茨沃尔德中心的美丽的布罗克莱,就在 Moreton-in-Marsh 周边……)。我几乎可以断定这是继上次"维权"之后的一个显著变化。另外,我当时把想去的几个村子一一写在纸上,向前台打听合理的安排路线,结果现在的描述文字中增加了如下内容:"Close-by are the villages of Broadway, Moreton in Marsh, Stow-on-the-Wold and Bourton-on-the-Water."(附近有布劳得威村、莫顿因马什、斯托昂泽沃尔德和水上伯顿)。

读着读着我不禁咧嘴笑了。整改的还挺快啊!

由此想到另一件事。我近来常在国家快运(National Express)上订车票。最近他们官网上有个15镑的返利活动。按照提示的三个步骤填好资料，我就等着拿返利了。结果每次点击，出现的都是另一个网页，上面说我的会员资格正在生成中，请耐心等待。但往往一个小时都过去了，那边还在所谓的进行中。我心想"国家快运"好歹也算英国的一家大公司，怎么搞这种骗人的把戏。于是就点开服务页（service page），写了一封投诉信（letter of complaint）提交了。之后也就忘了这件事。前天突然电话响，一看没有正常号码显示，就有些犹豫，之前有个未接来电好像就是这种提示状态。但铃声非常固执，响个不停，一接，原来是"国家快运"的客服打来的，印度口音。大致意思是：这个活动是另一家公司搞的促销，返利也是他们提供的。接着给了我一个网址。我于是上网再试，还是打不开，也就作罢，不愿再为这事烦神了。没想到昨天又收到一份邮件：

亲爱的缪女士：

感谢你2012年6月12日完成我们网上表格的填写。很抱歉你未能获得15英镑的优惠券。我们理解由此给您带来的不便并深表歉意。经过进一步了解，我们肯定你说的那家公司是一家第三方公司，搞了个购票优惠折扣。它借我们的网做广告，宣传他们自己的网页。要获得你说的优惠券，必须和它签约，月租费一个月10英镑。希望这个能解释你遇到的情况，如有需要帮助的地方，可拨打08448442304。

信是客服部发出的。

Dear Mrs Miao,

Thank you for taking the time to complete our web form on 12 June 2012. I am sorry to hear that you are experiencing problems attaining a 15.00 voucher. I appreciate how frustrating this must be for you and I apologise for any upset caused to you.

Looking into the matter further, I can confirm the company you are trying to obtain the voucher from is called Shoppers rewards and discounts. This is a third party company who use our website to advertise their site. In order to obtain the vouchers you have to sign up to the company for a monthly charge of 10.00 a month and they will send you information about offers and discounts.

Thank you for taking the time to get in touch. I hope this explains the matter further for you. If I can be of any further assistance, please do not hesitate to contact me on 0844 844 2304.

Yours sincerely,
Saiqa Salim
Customer Relations Executive

估计那家公司看中了国家快运庞大的顾客群,而后者不费"一枪一弹"可以吸引更多眼球和顾客,也就乐得把这个活动挂在主页上。

但平心而论,人家的服务还是到位的,一而再,再而三,又是电话又是邮件解释,尽管我再次意识到"没有免费的午餐"这样一个简单不过的普世真理。

生命有时是如此脆弱
Life Sometimes Can Be So Fragile

对身处国外的人来说,对家人的牵挂永远是心中最绵长、最深沉的那份思念,因为距离,这份思念变得尤其沉甸甸。

今天我正和先生在 QQ 上聊天,那头突然来了电话,接着发过来一行字:坏消息。连问几个"怎么了",都没回复,心里一阵发紧。等他那头终于挂了电话,才知道我一个表哥今天上午车祸身亡。前两天他母亲才过完 80 大寿,作为长子的他还在宴席上致辞,转眼间阴阳相隔,白发人送黑发人,让人情何以堪。

生命中的每一天都在发生这样的悲剧,让活着的我们深感人生无常、生命脆弱。尤其当这种事发生在我们周围时,更有一种惊心和恐惧。但一切都掌握在命运的手里,我们能做的不过是在悲痛惋惜之余,珍惜眼前人,也珍惜自己的每一天。

人对于命运有时不得不怀着一种敬畏。灾难就像一头猛兽,潜伏在我们生命的某个阶段、某个角落,悄无声息,毫无征兆,却在某个最普通的日子里,在我们最不经意、最无防备的时刻,突然扑向我们,以最狰狞的面目、最残酷的方式让我们缴械投降,正视自己的渺小和脆弱。而在此之前,我们都以为自己稳操胜券,灾难只出现在每日的新闻里,只出现在别人身上,和自己永远隔着千山万水,自己永远是那个幸运的例外,直到……

保重自己就是善待家人

Taking a Good Care of Yourself for Your Family

现在我越来越喜欢坐大巴去伦敦,经济之外还有方便。无论多晚回来,一下车就走在米尔路上,三分钟后就在自己房间里了,期间没有任何偏僻的小巷之类,加之这里夏季白昼很长,九点多天还亮着,所以感觉很安全。

记得上次坐火车从科茨沃尔德回来已近十点,从火车站抄巷子回去,那条路上光线很暗,几乎没人,偶尔有自行车飞快地从身后窜过去。很快发现前面有三个年轻人并排大声说笑,当时心里就有些紧张。急急赶到米尔路路口,刚松口气,一个流浪汉苦着脸向我走过来,伸出手说能不能给他点钱买饭吃,吓得我连停都没敢停,忙不迭地拐过去,奔到住处门口,心还在砰砰跳。

我发现自己胆子有时也忒大了,本着对人对己负责的态度,从此定下规矩:外出要么坐大巴,坐晚班火车回来一定打的。

无 题

Some Random Thoughts

儿子是天蝎座,最近不知哪根筋搭错,迷上了和俄罗斯有关的一切。但其实这也不是无缘无故的。儿子从小喜欢军事政治,对俄罗斯这个国家情有独钟,对与此相关的所有东西充满好奇。之前他先是要买俄国地图,后来又买了俄语入门,跟着音标学俄语,现在又迷上了俄国风味的食品,下面不会还有俄罗斯姑娘吧?

我虽然不以为然,但也常被他的这种热情感染。同时觉得一个孩子巨大的热情如果有一个很好的平台加以引导和发挥,会产生多么大的能量啊。但谁会在意孩子这种"心血来潮"呢,却又每天喊着"一切为了孩子,为了孩子的一切"。儿子,希望我也能像你一样——对新事物永远充满热情。

世界说大也大,说小也小。我人在英国,却通过中国的淘宝网给在盐城的儿子在黑龙江的一家网店买了俄罗斯产的列巴、酒心巧克力和烤肠。绕吧?应该说网络、物流在贸易中起着至关重要的作用。这也许就是未来的一种普遍的生活方式吧。

圣保罗大教堂

St. Paul's Cathedral

我本来对教堂并没有特殊的兴趣,但上次看女王登基60周年钻石庆典时,电视画面里的圣保罗大教堂给我留下了很深的印象。

尽管泰晤士河两岸不乏各式各样标新立异的现代建筑,但西敏寺、国会大厦、大本钟和圣保罗这些古老的伦敦标志性建筑依然不动声色地成为伦敦天际的剪影,成为所有人视线的焦点。

女王登基60年庆典的感恩仪式也放在了圣保罗大教堂。一时之间,圣保罗门前车水马龙,政要名人云集,包括坎特伯雷大主教的神职人员盛装以待,只等女王驾到。

随着女王一行步入教堂,我第一次看到了圣保罗里面巨大的穹顶,还有黑白相间的地砖。从俯拍的画面看,那个从西门入口直抵祭坛的长长过道像极了一把巨型宝剑。女王坐在第一排的头把椅子上。

感恩仪式开始,当主教为女王60年如一日恪尽职守向她致感谢词的时候,"我看到那个一向低调和隐忍"、"职责第一、个人第二"、含蓄内敛的女王几度动容,虽然几乎不易察觉。我想这一刻女王必是百感交集的。回顾自己带着王冠走过的漫长道路,回顾父亲因为这个本不该由他承担的责任过早离开人世的伤心往事,回顾王室经历的风风雨雨,甚至是危机,她的内心如何能平静?突然想起《女王》中海伦·米伦饰演的伊丽莎白二世在戴安娜车祸事件后经受的种种压力。当女王独自开车经过一片河滩时,车子突发故障,女王坐在河边,群山环绕,周围一片寂静,虽然只看到她的背影,却可以感受到那种难抑的悲伤。她不喜欢"由媒体煽动人为制造的"那种夸张的表达,而选择以安静的、沉默的、从不张扬但不失尊严的方式来面对一切。尽管借着这个钻石庆典,各种女王的传记和故事满天飞,但女王的内心,我们可以去猜测、去揣度,却永远无法真正了解。总之,这次感恩仪式大大加深了我对圣保罗大教堂的好奇,后来重温《魂断蓝桥》时,透过滑铁卢桥上的浓雾甚至硝烟,总能隐隐看到圣保罗大教堂的圆顶,就更想一睹真容了。

我到得比较早,虽然错过7:30至8:00的Mattins(晨祷),却正赶上8:00至8:30的Eucharist(圣餐)。这个仪式有一些固定的程式:除了相互问候,还有听诵圣经内容,祈祷,悔过,最后是领圣餐。仪式由两个神职人员主持。面包只是象征性的;盛放酒的是只金属杯子,感觉像某种圣器。每个人依次从中啜一小口。轮到我时,那个穿黑袍的女神职人员采取了一种变通方式,她把"面包"在酒杯里蘸了一下让我吃。这两样东西据说分别代表耶稣的肉和血。这个仪式是耶稣要求大家以这种方式参与到他的死亡和复活中,从而永远把他铭刻在心。这个说法在我们民族的文化里实在不好理解,因为当年岳飞想起"靖康耻犹未雪"时,就用恨不能"食其肉饮其血"来表达对匈奴的切齿痛恨,所以宗教是另一个认知世界。

8:30开放参观。买了票,领了语音导游器,就开始了我的圣保罗之旅。之前惊叹于西敏寺的显赫,如今才领略了圣保罗的非凡。

西敏寺其实并非大教区的主教堂,但其"王室专属教堂"及"王室史书"的特殊地位彰显了它的贵气,而"名人堂"尤其"诗人角"更使其声名显赫,从而成为"荣誉的宝塔尖"。

圣保罗大教堂则是英国圣公会伦敦教区的主教座堂,主要面向伦敦普通市民。但伦敦作为首都以及政治经济文化中心的特殊地位使得圣保罗大教堂因此成为国家教堂(the Nation's Church)。与西敏寺相比,它无疑更具平民色彩,但这并不意味着它的平庸。

教堂建筑本身就是一个杰出典范。这一巴洛克风格的有着著名圆顶的建筑是克里斯托弗·雷恩爵士几乎半个世纪心血的结晶,因此在雷恩的墓碑上你可以看到这样的文字:"If you seek his monument, just look around"(如果你在寻找他的墓碑,你只需环顾四周)。雷恩才华横溢,同时也是幸运的,恢弘的圣保罗大教堂成了他不朽的纪念碑。

圣保罗教堂历史上曾主持过许多著名的国葬,都是些英国历史上响当当的名字。他们是打败西班牙和法国联合舰队的著名海军上将纳尔逊、在滑铁卢战役中打败拿破仑的英国名将惠灵顿以及领导英国在第二次世界大战中走向胜利的前首相丘吉尔。每一个都是民族英雄,都代表了这个民族的骄傲和荣耀。著名玄学派诗人邓恩的墓碑立于此,青霉素的发明者佛莱明、护士南丁格尔亦长眠于此。

虽然几乎所有皇室的洗礼、婚礼、加冕及葬礼都在西敏寺,但维多利亚女王登基60周年的庆典、前不久伊丽莎白二世登基60周年的庆典却安排在这里。著名的当然还有查尔斯王子与戴安娜·斯宾斯小姐的那场世纪婚礼(在导游器上可以看到当年的那段视频)。我想王室这么做,一方面是鉴于圣保罗大教堂作为国家教堂的特殊地位,另一方面也是一种亲民姿态,是一种平衡策略吧。

从洗礼池,经过中殿直达祭坛,象征了一个基督徒一生的历程。我终于亲眼看到了黑白相间的地砖,看到了酷似一把宝剑的图案,看到了女王坐过的位置,看到了圣神的祭坛,还有那个著名的穹顶,精美的木雕和镶嵌工艺以及以圣徒保罗为题材的穹顶绘画。

这里是人们哀悼、庆祝、纪念的场所。每逢重大事件,人们都会自发来到这里,这是英国人一个重要的精神活动场所。

和西敏寺一样,这里还是一个缅怀名人的地方,是一个生者向死者致敬的地方。轻轻来,轻轻走,我们不要惊动一个亡灵。

通过环幕电影及图片,我还了解了这座教堂的前世今生:印象最深的是1666年的那场大火,整个教堂毁于一旦。但据说正是那场大火有效遏制了当时蔓延英国的黑死病瘟疫,也正是在那场大火的灰烬上我们现在看到的教堂如凤凰涅槃一般重生。

还有二战中的圣保罗大教堂。当时德军对伦敦城狂轰乱炸,整个伦敦变成一片火海。时任首相丘吉尔发出命令,必须不惜一切代价保住圣保罗大教堂。当时有专人不分昼夜地在那里守望,一旦有燃烧弹击中目标,他们就第一时间去扑灭。最后在一片废墟中,作为英国人精神支柱的圣保罗大教堂除了局部的损坏居然屹立不倒,成为二战中的佳话和传奇。而在西门的入口处,教堂也永远为这些伟大的守望者留下了一席之地。

这个教堂还见证了9·11恐怖袭击之后上万人不约而同来到这里为死者祈祷的动人场面。这里甚至还举行了侯赛因国王的追思会,《古兰经》在这里诵读,从而加深了不同宗教间的理解。当不同宗教都能和谐共处时,不同文化间的差异又算什么呢?圣保罗大教堂是面向21世纪的。

圣保罗有一个著名的"耳语廊"。在"耳语廊"上能清晰地看到穹顶上如石头浮雕般的绘画。往下看教堂的中殿,才体会到它的高度。这种感觉很微妙:在下面,仰望穹顶,深感个体的渺小;现在往下看,又是一种新的视角,人在一定高度想必会有一种顿悟、一种境界,所以上帝允许芸芸众生偶尔有这样一个俯视的机会,有这样一个反省自身的机会,认识到什么是至高无上的、什么是微不足道的。这提醒我们:上帝是神秘的,无法用言语表述,是超出我们理解和想象的。我不知道是否真有上帝,但看了这么多教堂之后,你不能不承认:基督徒确实用他们的想象建造了一个上帝的国度,一个庞大的无所不在的天国。作为一种人类文明,它是让人惊叹的。

特殊的建筑结构以及声学原理成就了耳语廊。我开始还有些将信将疑,直到一位工作人员让我走到圆形走廊的对面,我向她挥手,就听耳边传来十分深沉的声音"Maggie, Maggie"(笔者的英文名)。那么远的距离,我甚至看不清她的脸,但那个声音却不断响在耳边,我也赶紧压低声音:"I heard you very well, thank you!"(我听到了,谢谢)对方挥手,表示信息收到。恋人以这种特殊的方式互诉衷肠倒是一个不错的选择。

我接着爬了无数级台阶,近300吧。楼梯越来越窄,从木的到铁的，从石门（Stone Gate）爬到金门（Golden Gate），站在顶上，风在耳边呼呼地响，整个伦敦中心城区一览无遗，我在顶上给家人打了个电话，告诉他们我一切都好。下午 5 点其实还有一个唱诗班的活动想参加的，但时间啊时间……

圣保罗大教堂

音乐剧《剧院魅影》
Phantom of the Opera

到了伦敦,似乎不能不去体会一场伦敦西区的音乐剧。在四大经典音乐剧《剧院魅影》《猫》《悲惨世界》和《西贡小姐》中,我选择了音乐剧大师韦伯的代表作《剧院魅影》。《伦敦每日镜报》是这样评价该剧的:假如一生只看一出音乐剧,《剧院魅影》肯定是毕生之选!

女王剧院不大,甚至有些其貌不扬。一进去就看到舞台上乱糟糟堆了一些东西,用布罩着,感觉像个灰蒙蒙的施工现场。真的很难想象待会儿会呈现出怎样美轮美奂的场景。舞台下面是乐队,正在做演出前的最后准备。我的位置不好,在顶楼侧翼,离舞台很远,但花一镑可以拿到一个望远镜,借助这个望远镜可以非常清晰地看到舞台上的表演,只是有些辛苦。

我之前调看过 2004 年出品的根据音乐剧改编的电影《剧院魅影》(Phantom in the Opera)。在看完舞台剧后,两厢对比,不由发出感叹:舞台剧确实有其独特的魅力。

首先是演员深厚的专业唱功。人们常说"看"话剧,但却说"听"音乐剧,可见"音乐"和"演唱"在剧中举足轻重的地位。如果说电影里的歌声是动听,那么舞台上就是动心。那种灵魂深处发出的声音,时而深情款款,时而激情澎湃,时而如泣如诉,时而又转为愤世嫉俗。亦梦亦幻,鬼魅无比,以至走出剧院那种声音还是满脑子挥之不去。

其次是舞台的现场感。本剧采用的是倒叙手法,我之前看到的那个破落的舞台场景正是这出剧一开始的拍卖场面。其时的剧院已物是人非、凋败不堪。那个用布罩着的庞然大物原来就是剧中非常著名的水晶灯,它会在第一幕结束、魅影大闹剧场时从舞台上空"砰然坠落",

引来现场一片惊叫。

舞台与电影比起来似乎有太多局限性。电影中的配音、特技、后期制作确保了其创作上的极大自由。舞台相比而言，现场直播的性质就决定了一切都没有补救的余地，一切都明明白白地呈现在观众面前，而观众的眼睛是雪亮的，容不得一点弄虚作假的东西。正是这一点给了舞台特殊的魅力，观众喜欢那些对他们来说独一无二的呈现，那种看得到的付出。就像机器大生产时代我们更珍惜手工制品，尽管它们不够规范、不够完美，但总有一种久违的、亲切的、温暖的东西，有一种渐行渐远我们却希冀能挽留的东西。

此外，舞台的局限性恰恰成就了它的艺术性。就像短篇小说，因为空间有限，所以它摒弃了一切可有可无的东西，它必须抓住一个最有意味的瞬间，它必须在细节上反复提炼，必须在形式上独具匠心，必须更多地借助意象、象征、隐喻等使作品富有张力，从而成为一种极纯粹的艺术形式。舞台也不例外，为弥补空间和手段的局限，它会在叙事上采取一种跳跃性。有观众也许会抱怨剧情交代不够充分，但舞台就是借助各种道具，用暗示、象征的手段营造戏剧冲突，最大程度地调动观众的想象力，从而让他们参与到创作中，共同完成一次艺术之旅。不像一些电视剧，只要一天天演绎下去，一如我们的日常生活。

《剧院魅影》中舞台明暗之间的迅速切换近乎神奇。刚才舞台上还是歌舞升平的辉煌场景，但几乎一瞬间，我们就被带入了"魅影"的地下世界——阴森恐怖，烛影瞳瞳。魅影撑船载着克丽丝汀如同缓缓行进在一条冥河中。电影虽然采用特技手法再现了同一场景，但却没有完全营造出那个世界特有的一种氛围，至多像一个光线幽暗的大厅，缺少震撼力，没有舞台突然转换为幽深洞穴的一瞬间带给人的时空穿越感。摇曳的烛火让洞穴变得更加神秘莫测，光影的象征意义在这里得到了淋漓尽致地发挥，很多东西都在不言之中。

在"剧院"听《剧院魅影》，看"舞台"里的舞台，真是一种奇妙的经历。演出结束，掌声雷动，走出剧院，魅影的歌声还在脑海中萦绕不绝。

走在大街上人流中,有种不知身在何处的感觉,好像才从梦中醒来,有点恍惚,有点失重,有点不想醒来。说它是风靡全球的音乐剧之王,看来是实至名归的。

回来收到剧院的邮件,邀请此剧的观众发表评论赢取大奖免费听剧。得奖不大可能,但还是忍不住发表了如下评论,就算对包括演员、乐队、创作、幕后的辛勤付出的一个 feedback(反馈)吧:

Phantom of the Opera is a London must. I have seen the 2004 film version before I went to the show, but I have to say the seeming limitations of the stage is the very reason why it has become more of a piece of art, full of hinting and tension, giving full play to the audience's imagination. The sudden change from the light to the darkness on the stages took my breath away. And that enchanting voice of the phantom still lingers on long after the show was over. I will surely recommend it to all my friends who have an opportunity to come to London.

观看音乐剧《剧院魅影》是伦敦之行不可或缺的节目。之前看过2004版的电影,但舞台的局限性非但没有成为这部音乐剧的短板反而使其成为一件艺术品。该剧充满暗示和张力,充分调动起了观众的想象力。舞台上灯光熄灭黑暗降临的一瞬间让人为之惊叹不已,全剧结束时那支极具魅惑的歌曲仍在耳边萦绕,我肯定会推荐给有机会来伦敦的朋友。

这次周末去伦敦,原先安排了四个活动:早晨5:40从剑桥出发,7:30抵达泰晤士河岸。沿泰晤士河走到千禧桥,我发现桥的两头分别连接着圣保罗大教堂和泰德现代美术馆。圣保罗8:30开门,泰德9:00开门,估计需要一个上午。下午去伦敦西区的女王剧院听音乐剧《剧院魅影》,结束后到白金汉宫附近有"水鸟天堂"之称的圣·詹姆斯公园逛一逛,然后沿白金汉宫路步行大约15~20分钟就可以到维多利亚汽车总站。坐晚8点的长途车回剑桥,如果一切顺利,10点多就可以躺在床上睡大觉了。

计划很完美,实行起来才发现圣保罗就需要大概一个上午,所以泰德尽管近在咫尺,却不得不放弃;音乐剧因为中场休息,近 5 点才结束,留给圣詹姆斯公园的时间就没有那么宽裕。计划打了折,回来后第一件事就订了下周六去伦敦的票。房东家孩子问我:"Why do you need to go to London so often?"("你为什么总去伦敦?")我回答:"Because London is such an exciting place and there are so much to see and enjoy there."("因为伦敦很好玩,有那么多值得看和玩的地方。")当然还有一个原因:所剩时日有限,时不我待!

《剧院魅影》剧照

白金汉宫

Buckingham Palace

自1993年开始,白金汉宫每年夏季都会有选择地对外开放部分王室场所,一方面可以满足大众的好奇心、增加王室的亲和力,另一方面也是王室筹措资金的一个重要途径。用查尔斯王储的话来说,这些收入将主要用于王宫建筑的维护和修缮,以确保未来人们还有机会看到我们眼前的一切。

本来白金汉宫开放时间是每年8月、9月,因为这期间女王要安排一年一度的苏格兰之行。但今年恰逢女王登基60年庆,加之即将到来的2012伦敦奥运会,开放时间提前不说,还延长到了10月份。提前是指8月之前,即6月30日到7月8日先开放一周,暖下场。

30号一早赶到伦敦,先去王宫附近的圣·詹姆斯公园逛了一圈。9:45开始售票,我9:20左右回到白金汉宫门前。让我大吃一惊的是王宫一侧的入口已排起了长龙,看来我充其量就是一"伪粉丝"。2012年白金汉宫夏季开放第一天的第一拨看来没戏了。赶紧到旁边售票处,被告知已排到了下午1:45。

白金汉宫门前的维多利亚纪念碑四周照例是人气最旺的地方。皇宫正中的旗杆上飘扬着王旗,表明女王现在宫中。每逢重要节庆活动,皇室成员都会在二楼阳台向人群挥手致意。当年的查尔斯和戴安娜,不久前的威廉和凯特,都是在这里展示童话一吻的。

白金汉宫自1837年开始就成为英国王室的官邸,如今它不仅是英国王室总部,也是王室在伦敦的家。

我以前隔着高大的宫门往里看,觉得场子挺大,换岗的卫兵显得很矮小;现在发现,卫兵身后那个门里才别有洞天。建筑师约翰·纳什在白金汉宫的整个改建过程中功不可没。他在19世纪时不但扩建了整座宫殿,还为其增加了两翼,从而成就了这座我们现在看到的有着四方内庭的杰作,这个近似足球场的院子才是王室的内院。白金汉宫近800间房,女王与爱丁堡公爵的日常起居主要在北面二楼,开窗就是格林公园(Green Park),面向绿色,春暖花开,有风景的房间。

白金汉宫画廊(Buckingham Palace Gallery)包括19个国事厅。王室成员在这里接见宾客、主持宴会。让人印象深刻的主要有画廊、典礼厅、音乐厅、国宴厅、白色会客室、王座室和舞厅。

一进去先是大厅(Grand Hall),左手铺着厚厚地毯的大理石台阶盘旋而上,墙上的人物肖像画据说一如维多利亚女王时代的样子,从来不曾改变过。

殿内装饰,风格统一,金碧辉煌,尽显皇室气派。配上大量珍贵的艺术藏品,弥漫着浓厚的艺术气息。画廊中的藏品不乏世界顶级画师伦勃朗、鲁宾斯、佛梅尔、普珊、卡纳莱托的作品。往前走,代表英格兰的玫瑰、代表苏格兰的紫蓟花、代表威尔士的黄水仙、代表北爱的白花酢浆草图案独具匠心地交织在一起,被置于穹顶之上。此外,各种雕塑作品,加上精美的瓷器、西式红木家具、高大的雕花穹顶、富丽堂皇的水晶灯、大幅的羊毛织花地毯、盘旋而上的器宇轩昂的楼梯,大量的白色、金色、红色,显得庄重典雅大气。这里不是博物馆,也不是艺术画廊,但每一件摆设都是艺术品,都是古董,怎一个奢华了得。原来品味是这样熏陶的,审美是这样锻造的,贵族是这样炼成的。

除了国事厅,我还参观了御花园(Palace Gardens),这是伦敦城里唯一有围墙的绿地。女王每年都会在这里举办著名的游园会(Garden Party),邀请那些社会名流、对国家有突出贡献的杰出人士以及各国驻伦敦使节参加。

今年适逢女王登基钻石禧,白金汉宫展出了一批稀世珍宝,主要是以往200年间皇室使用的珠宝钻石,包括不少伊丽莎白二世执政以来的私人藏品。首次展出的有著名的德里杜尔巴王冠、伊丽莎白二世女王的钻石流苏胸针,还有爱德华七世登基时一柄嵌有719颗共计2000

克拉钻石的宝剑等。这些王冠、项链、宝剑、胸针上镶嵌的钻石总数居然超过一万。这次珠宝展尤其强调了钻石使用的场合及使用方式,兼具历史意义和艺术审美价值。当然钻石切割镶嵌工艺也是展示的一个重要方面。其中为普鲁士国王腓特烈大帝定做的一只鸡血石盒上用近3000颗钻石摆出动植物栩栩如生的造型;为乔治四世1821年那场奢华加冕而特制的钻石头环上镶嵌了1333颗钻石;威廉姆森胸针中使用的顶级粉钻世所罕见;而由世界最大的钻石——卡利南钻石——打造的首饰卡利南三号和四号胸针在今年6月圣保罗大教堂举行的感恩仪式上曾被女王佩戴在胸前;还有维多利亚女王肖像上那个标志性的微型王冠,说是微型,也缀有1187颗钻石,让人叹为观止。明星手上的"鸽子蛋"到了这儿,实在小巫见大巫了。王室这次可是把几百年以来的看家宝贝、压箱底的东西都拿出来晒了,可谓史无前例。钻石在这里集中体现的是权力和财富,当然还有艺术和审美。

　　发现钻石固然炫目,展示方式也很重要。整个展厅被布置得极幽暗,只看见四周幕布上的钻石数字图像在黑暗中熠熠闪光。幽幽射灯的光恰到好处地打在衬着黑丝绒的钻石实物及对应的照片上,璀璨夺目。以前说到钻石的切割工艺经常听到"火光"一词,如今现场真是"火光闪闪"。我不是"钻石控",但也有些 hold 不住。实在够闪、够炫、够酷。

　　走出展厅,回到熙熙攘攘的大街上,从王宫到市井,从历史到今天,经历了一场在伦敦心脏进行的穿越。

白金汉宫

泰特现代艺术馆

Tate Modern

印象中泰德现代艺术馆似乎不太远,于是我沿着泰晤士河一路向东走。这条48千米长的河以其浓厚的历史文化积淀而著称,被称为"流动的历史"。有河就离不开桥,威斯特敏斯特桥、滑铁卢桥、伦敦桥、黑修士桥、千禧桥、阿尔伯特桥,当然少不了享有"伦敦正门"之称的伦敦塔桥。

走了一程又一程,那些我上次在泰晤士河巡游(Thames Cruise)中看到的桥一座接一座进入视线,看到圣保罗大教堂圆顶的那一刻,感觉泰特现代艺术馆已近在咫尺,但实际还有好一段距离,真是"看山跑死马"。等终于走近千禧桥时,东面的伦敦塔桥已然在望,上面装饰的奥运五环在蓝天白云下煞是醒目。泰晤士河在这一段不再显得那么拥挤,人流也明显减少,据说上下班高峰时这里完全是人流滚滚的景象。千禧桥的一端连着古老的圣保罗大教堂,另一端连着泰德现代美术馆,古老与现代在这里交汇,其象征意义不言而喻。

位于泰晤士河南岸的泰德现代艺术馆由一座废旧发电厂改造而来。高大的烟囱充满后工业时代的感觉。据说,夜幕降临时,烟囱顶上还可以看到"瑞士之光"的彩帽。

还未进门,我就感到了巨大的视觉冲击:门前一件高大的红色艺术品——类似医学院用的人体模型赫然在目。人体内脏缤纷呈现。我不禁瞠目结舌。进去后第一感觉是:好高好大好敞啊,真的可以在里面翩翩起舞。第二个感觉是:在这儿一定要放慢脚步——且走且看且想。"泰特现代"收藏有达利、毕加索及马蒂斯的绘画作品,因此人气很旺。墙上有这么一段话:If people want sacred experiences, they will find them here; if they want profane experiences, they will find them too. We take no sides(这里既有神圣也有亵渎,我们不评判),亮出的是一种艺术主张和态度吧。

在泰德现代艺术馆看到以下几个主题的作品展:Poetry and Dream(诗与梦),Energy and Process(能源与加工),Structure and Clarity(结构与条理)。

其中 Poetry and Dream 让我印象深刻。里面都是一些超现实主义(surrealism)和立体主义(cubism)的画作。感觉人类已远离了天真时代,正日益变得世故城府(sophisticated)。有些作品很抽象,看不懂;有些看似"原生态",一点不"讲究";有些甚至很"丑陋",不像传统艺术作品那么赏心悦目;有些东西被揉碎后重组,有些东西被扭曲后再现,有些梦魇突然照进了现实。种种光怪陆离的景象在困惑人、戏弄人、甚至激怒人的同时也发人深省。这些画作和同一时期的文学有很多共通之处,说明文字里充满了"弗洛伊德"、"下意识"、"原始"的字眼。除了绘画,还有雕塑,还有一些实物组合。都是人们对工业、后工业时代的反思。艺术从不回避现实,虽然抽象,却从日常生活中捕捉灵感:结构、能源和循环无一不成为艺术家的创作源泉。这里还有很多互动环节,鼓励人们,包括孩子们,参与到艺术创作中。

泰特现代艺术馆

这次参观对我来说是个洗礼,虽然不懂,也不用装懂,但可以把思维打开,试着走进一些"疯子"的世界,偶尔还觉得不无道理。

此外,这个有着高高烟囱的建筑上面还加有两层玻璃阁楼,从而成为泰晤士河的一个绝佳观景台。在顶楼,居高临下,河之东西,岸之南北,一览无遗。很多人看展看累了,就在咖啡座来杯咖啡,或者干脆坐在临窗的沙发和椅子上朝外发呆,很多艺术作品也许就是在这种状态下灵光一现得以成就的。

奥运火炬,今到剑桥

Your Moment to Shine

周末的狮场商业街人潮涌动,而帕克绿地乍一看就像海滨浴场。人们坐着、趴着、躺着,尽情地流着汗。绿还是那绿,但因为光照不同,光影间的律动造就了初夏特有的景象。大草坪似乎满足了平民对运动娱乐的所有需求。人们在上面划出场地踢球,划出跑道比赛,支起网来打排球。但即便如此,还是有足够的绿地让人们随意躺倒,自行车也躺倒,狗狗也躺倒,加上阳光、"沙滩"和朋友,这就是阳光灿烂的午后帕克绿地特有的景观。但最近这里好像有办大事的样子。

之前一周草坪上就堆起无数隔离栏,像集装箱一样的移动公厕也早就到位,大的临时供电箱严阵以待,舞台和各临时商铺都在紧锣密鼓的搭建中。海报上醒目地印着"盛大周末"(The Big Weekend):从周五到周日,狂欢三天,高潮在周六——迎接奥运火炬到剑桥。

草坪上有两个大舞台:一个是市政府搞的"2012 城市之夏"(Summer in the City 2012),另一个是 BBC 为报道奥运火炬到来而设的"闪耀一刻"(Moment to Shine)。另外,这次奥运火炬的赞助商可口可乐、劳埃德和三星也各自搞了舞台进行宣传。但老天实在不给力,周五基本在雨中度过,周六下午晚些时候雨总算停了。按照设计路线,火炬当晚 6:30 左右到达米尔路,然后前往帕克绿地举行迎接仪式,周日早上象征性地从大法院和三一学院门前经过,然后以剑桥特有的方式——在康河上撑船(punting)——把火炬送到下一站。

帕克绿地周六这天人山人海,除了剑桥当地人,还有不少赶来的游客。下午很多人选择在米尔路两旁守候。大批警察、军人在路边维持秩序。大家都翘首以待,但等来的不是卖旗子喇叭的小商贩,就是骑着摩托巡逻的警察,好不容易过来几辆印着大幅赞助商广告和奥运图案的彩车,看到上面有人载歌载舞,心想快了吧,结果来了一辆装满运动员的大巴,米尔路上的人这才发现"大势已去",于是一哄而散全奔主会场而去。拥挤的人群中似乎看到一个老太太手里举着火炬,然后BBC舞台上主持人煽动了一下气氛,搞了一个大妈级的合唱,最后宣布舞台交给"2012城市之夏",叫大家接着乐。

这个活动吸引了这么多人到场,却没有达到想象中的效果,感觉有些虎头蛇尾、雷声大雨点小。后来和房东谈起这个话题,她强调说市政府在花纳税人钱的时候不得不十分慎重。想想也有道理,有钱好办事。我们办奥运都是倾其所有,不惜代价。这边整个运作要受很多因素牵制,而且并不是所有人都支持申办奥运,不像我们"万众一心"。昨天还在车上听到一个人发牢骚:"I'm sick of the Olympics. Football, tennis, they never win anything!"(讨厌奥运会,足球、网球,都不见赢球。)这多少也反映了部分英国人的心态。这半年我周围确实很少看到关于奥运的宣传,今天这个活动也是剑桥的年度传统活动,奥运火炬传递只是起到"推波助澜"的作用,让气氛更热烈些,仅此而已。就连"伦敦2012"(London 2012 Festival)虽然也在为奥运造势,但好像并不以体育赛事为唯一目的,它还是文化盛宴,更是全民狂欢。

记得我在澳大利亚的昆士兰时,当地有一个"河流节"(River Festival),当时大家携家带口坐在河的两岸,享受野餐,欣赏烟花。总之一句话,人们都需要节日,独乐乐不如众乐乐。不管以什么名义,以季节的名义,以河流山川的名义,还是以传统节假日的名义,大家的诉求是一样的,只是不同文化的确有些差异。这里的人自娱自乐的精神更强,更放得开。市政府给大家提供了一个平台,你要怎么乐你说了算。有一大家子在湿叽叽的草坪上铺了张防水垫,男人们手里提着啤酒瓶,女人们在聊天,孩子们在追逐嬉闹;还有人随着音乐翩翩起舞,全心投入,旁若无人;还有人把这里变成了老朋友聚会的场所。总之,他们习惯自己组织自己。这里非常强调把每个活动都搞成"家庭欢乐日"(Family Fun Day)，所有活动都有针对家庭的设计和优惠，鼓励一家老少出来玩。

  有两个细节让我印象深刻：一是BBC主持人身旁始终有个哑语播音员在做"同步传译"，另一个是在正对舞台的位置上专为残疾人搭建了一个看台。半年来通过种种生活细节，我不得不说，残疾人在这个国家还是蛮受照顾的——从建筑设计、公共场所到旅游无一不考虑到他们的特殊需求。

  还有一个让我赞叹的是帕克绿地的利用率。它是球场，是跑道，是大家晒太阳休闲的场所，同时又是举办诸如集市、盛大周末(Town & Country Show Big Week End)这种大型活动的不二选择。有时你看到人们在草坪上安营扎寨，但一夜过后这里就被清理得干干净净，不留一点活动后的痕迹，仍然是那一大片碧绿的草坪。

  这里有一支搭建临时舞台和棚子的专业施工队，考虑到这个国家多变的天气和充沛的雨水，这个还真有必要。有时在康河边，人们搞庆祝酒会也会搭建白色的临时棚子，好就好在拆去后不留一点痕迹，把大好的自然景色原封不动地交还给人们。这个国家最大的好处是保留一切有价值的，无论是自然的，还是历史文化的，绝不搞人为破坏。

爱丽丝日，走进爱丽丝的奇幻世界
Alice's Day——Walking into Her Wonderland

利用周末我又去了趟牛津，因为 Mega Bus 公司的 fun price（募捐）价车票实在便宜，来回只要 2.5 镑，只当周末散心去。

中途经过比阿斯特名牌购物村（Bicester Villae），想着要不要趁打折季去淘一两件奢侈品，据说折扣很大。犹豫半天，也许一个人的缘故，总提不起兴致，不去也罢。

这次来牛津，我感觉不像第一次那么陌生。沿着乔治街，很自然就拐到了玉米街，在皇后街和圣·艾尔代茨街交叉口的左手边又看到了那个古老的 Carfax 钟楼。顺着圣·艾尔代茨街，很快就来到牛津最大、最古老的基督教堂学院，这个出了 16 位英国首相的著名学院一直是游人必到之处。从游客入口处进去，路边有一排薰衣草，高贵的紫色在风中摇摆。再往前就是基督教堂学院的主体建筑了，上次已进去参观过，这回只想沿齐尔维河（Cherwell）的河滨步道欣赏一路的美景。结果还没到河边就误打误撞闯进了爱丽丝的童话世界。

今年（2012）恰逢《爱丽丝漫游奇境》（Alice's Adventures in Wonderland）故事诞生 150 周年。这部由英国作家查尔斯·道格森以笔名路易斯·卡罗尔发表于 1865 年的儿童文学作品叙述了一个名叫爱丽丝的女孩无意中从兔子洞进入一个神奇国度后的历险经历。在那个神秘的国度里，她遇到了许多会讲话的动植物，还有能活动的纸牌，醒来后发现原来是一场梦。作者道格森本人是牛津大学基督学院的数学教授，1862 年 7 月的一个下午，他用船载着一个叫 Alice 的女孩和她的妹妹们去野餐。他们从牛津的福勒桥（Folly Bridge）出发沿泰晤士河一路划去，当大家坐在河岸边野餐时，道格森为逗孩子们开心，就随口编了个故事——一个小女孩误入奇境(Wonderland)的历险故事。不成想 10 岁的 Alice 听完后简直着了谜，而道格森也一发不可收拾，由此创作出了以 Alice 为主人公的深受几代孩子和家长喜爱的现代儿童经典《爱丽丝漫游奇境》。在基督学院教堂的彩绘玻璃上都可以看到爱丽丝的形象，而学院对面就有一家主题商店（Alice's Shop）。牛津和这个故事的渊源可见一斑。

为配合纪念周，牛津当地的故事博物馆(Story Museum)特别组织了一系列主题活动，统称"爱丽丝日"（Alice's Day）——读爱丽丝，听爱丽丝，讲爱丽丝，体验爱丽丝创作灵感产生的那次水上之行，加入爱丽丝的世界，还有和爱丽丝喝茶，吃爱丽丝主题餐。总之，今天来到牛津，想不"爱丽丝"都难。

基督教堂学院的大草坪今天全面开放，因为要上演一场爱丽丝故事中的"考克斯比赛"（The Caucus Race）。故事中，闯入奇境的爱丽丝因为尝了口蛋糕变成了"巨人"，受到惊吓的女孩大哭不止，很快泪流成河，不光自己浮在河上，就连四周的动物也开始在咸咸的河中奋力向前游。上了岸后，大家身上湿乎乎的，都很难受，怎么才能变干呢？Dodo 出了个主意，说来场"考克斯比赛"吧。有动物不理解，Dodo 解释说："The best way to explain it is to do it"（解释不如实践）。说着就地画了个圈，大家随便站，然后开跑。等大家都跑得气喘吁吁时，身上也早干透了。好胜心强的动物就问："谁赢了呢？"回答是："每个人都是赢家。"

而今天这个活动的主题就是"考克斯比赛"，它还是为期 12 周的全英庆祝活动"伦敦 2012"的一个组成部分。步入草坪，就进入了爱丽丝的童话世界：入口处高高的梯子上坐着一个爱丽丝打扮的女子正在"哭"，也就是说，很快我们大家都会浮在那条"泪河之上"（River of Tears），故事中的场景被再现，神奇纸牌更是一串串迎风招展。青青草地、漂浮的彩球、杂技、舞蹈，人们随音乐节拍轻轻摇摆。现场还搞起了徽章和棒棒糖大派送。大家胸前佩戴着考克斯比赛 2012 "我赢了"

(I won!)的徽章,无论大人孩子嘴里都吮着棒棒糖,童话故事中的人物穿梭在人群中与大家握手合影,翩翩起舞,空气中充满了童心,这一刻真的很有梦幻色彩。

这让我想起我的小侄子。那时的他还在上小学,但作业已多到连上厕所都是多余。有天我去他家,他就在隔壁做作业。他妈和我说着话,不时还进去督促一下,要他抓紧时间,最好再复习、预习一下。等我们结束,已是晚上11点了。推开门,床头的台灯仍亮着,灯下坐着我的小侄子,正捧着一本书在看。我刚要说"不早了,睡吧",却发现这个坐在床上的小人是用羽绒服堆出来的,羽绒服的帽子高高竖起就像小孩低着头,两只套在一起的空袖子里硬是给塞了一本书,在灯光下就像一个埋头苦读的孩子;而那个顽皮的小家伙在灯照不到的阴影里,小脑袋落着枕上,早已酣然入梦。我和他妈相视无语,希望他的梦里没有作业和考试,没有老师的指责、家长的唠叨,他用一个小人做了他的替身,满足了家长、老师对孩子的所有期待,真身却遁入梦里一晌贪欢了。就像爱丽丝一下掉进那个洞里,从此开始了一段奇境漫游,让今天的我们还津津乐道。

下午4点多才从爱丽丝的世界出来,走上那条河滨步道。河里有人在划船,此情此景像极了剑桥去格兰切斯特的一段。这条步道我非常喜欢,上次来没走完,这次正好了了心愿。一路沿齐尔维河走,没想到手里捧着的一袋薯片吸引了一旁的小松鼠,初次尝到甜头后,一贯有些胆怯的小松鼠显然很难再抗拒薯片的诱惑,不断试探性地向我靠近,捡到薯片后便立起身子,前爪捧起美食,吃得津津有味,看上去就像在对人作揖行礼,圆溜溜的眼睛神气十足,加上那条人见人爱的尾巴,实在惹人怜爱。就在她吃得不亦乐乎的时候,我把她永远留在了镜头里。

一直朝前走,原先窄窄的河终于在一处汇入了泰晤士河(Thames River)。右手的围栏里几头牛甩着尾巴悠闲地在食草。突然想起"牛津"一名的由来:牛津在公元900多年时已成为英格兰要地。"津"意为渡口,泰晤士河和齐尔维河在此汇合,当时河水不深,用牛拉车即可涉水而过,"牛津"由此得名。有人行至水穷处,坐看云起时。我在水的交汇处看到的是河边成群的野鸭,或卧或走,或单或群,不慌不忙,自由自在,一派田园风光。

爱丽丝节

感受剑桥季节更替冷暖变化
The Weather Here Is So British!

不觉已是 7 月初,回顾在剑桥的生活,要说陪伴着自己每一天的就要属这季节的更替和天气的冷暖变化了。这是当时日志里摘录的几段,以此可以体会下英国捉摸不定的天气变化。

2012 年的这场雪,下得有些突然
Unexpected Snow
2012 - 3 - 5

英国的天气的确有些多变。前些日子一直春意盎然,走在街上,不少人已是夏天的装扮,以至我错误地认为剑桥春来早。

事实上,自从我 2 月 23 日来这边之后,就很少阴天。多数时候是被鸟儿娇滴滴的声音吵醒,拉开帘子,就是阳光灿烂的日子。偶儿有点雨,也多在夜里,一早从窗子看出去,路面微微有些湿润。

今天一早倒是正儿八经地下起雨来,但不紧不慢的,窗上有些轻微雨痕。下午,我坐在窗前打字,不经意间抬头,忽然发现雨有些飘忽不定,再一看,嘿,下雪了。这雪居然越下越大,一团团很密集的样子,时不时被风裹挟着,做金蛇狂舞状。奇怪的是,这雪下得没多少寒意,估计也不会持久吧,虽然这会儿还很有气势的样子……果然,当我再抬头望出去的时候,雪已不见了踪影,当真是:来也匆匆,去也匆匆。屋檐上零星会有滴落的雨,耳旁似有还无,是水滴轻吻大地的声音。

载不动，那些鸟
Those Birds Perching on the Tree

2012 - 3 - 8

前两天，风风雨雨的，情绪也有些低落。今天早上拉开窗帘却只有两个字：明媚。我的窗对着隔壁的院子，院子里有一棵不知什么树，每天早上都有鸟来光顾。有一种不知名的鸟，也许生活太过优越，竟养得肥嘟嘟的，完全没有轻盈灵巧之感，当它们落在枝头啄食的时候，那些树枝伤不起，整个枝子都弯下去，弯下去，所以鸟们就笨拙地在树间找寻着平衡，让窗里吃着早饭的我看得好不费劲并忍不住偷乐。

光影·光阴
The Change of Light and Shadow v. The Passage of Time

2012 - 3 - 25

为了充分利用入春以后的大好天光，25日起英国就要转入夏时制。再过几天就是复活节。英国一年中最美好的季节正款款走来，可以踏青，可以游春。

睡到自然醒。拉开窗帘，楼下的小院还在一片阴影里，但不远处小楼的东墙上已爬满了阳光，东面的米尔路早已沐浴在一片朝阳里了。从西窗依稀可以看到路口的Costa咖啡店和路上的行人。很珍惜一天中这段时间，因为中午时候的阳光就会耀眼到不得不拉上窗帘。早餐吃得极为悠闲。坐在窗前，眼前一片纯净的蓝，满眼的阳光，参差的小楼，高高的烟囱，一树树的桃红金黄，一只只在树间或灵巧或笨拙的鸟。这样的季节，这样的心情，让你觉得不走在蓝天下，不徜徉在绿草地上，不俯身花朵，不侧耳鸟啼，就辜负了这春的美意。

星光灿烂的夜晚
Starry Starry Night
2012-3-29

夏时制以来,白昼明显变长,傍晚6点多,太阳还很刺眼,7点多天还是亮的,8点多虽然天暗下来了,但天边似乎还有隐隐的蓝色没有完全褪去。我住的地方也算城市的中心,但好像没有什么特别的亮化工程,街上的灯光够用而已。加之民居多为半独立式住宅(semi-detached house),不高,虽然家家户户亮着灯,但灯光多不会污染天空,所以星光灿烂的晚上,关了灯,或走到阳台上望出去,星星都特别近,很亮很亮。想起家乡户外的晚上,也许周边照明太亮,也许城市的霓虹太闪,也许地上的人太密,也许自己的心事太多,星星、月亮总被晾在一边。也许我们的城市可以关掉一些灯的,让夜静下来,让人静下来,让心静下来,让孩子看星星的眼睛亮起来!

最是人间四月天
The Fairest Season in a Year
2012-4-17

几乎每天都要走过这条路,不知不觉眼前的色彩就生动、丰富起来:如烟的淡粉、明艳的金黄;还有满满一树玉兰花,静静地站在蓝天下,沐浴在一片春光里。软软的风吹着,仙气一般,几片樱花撑不住便摇曳而下,疏疏落落地飘向行人的肩,突然想起那句:"梦里花落知多少?"说的可是这人间四月天?

都已经是4月下旬了,剑桥的气温却好像还是原地踏步,停滞不前,乍暖还寒。据房东说,这里的温度很不确定,有时7月还能比6月凉。总之,带来的夏装不知何时才能从箱底拿出来。要是在家里,4月清明过后,气温就会一路飙升,直奔初夏而去。突然有些想念那些四季分明的日子。满衣橱翻出换季的衣服,有些忙乱,也有些兴奋和激动,生活因此多了不少活力。

剑桥最近动不动会下一阵雨,但好在 5 分钟后就可能是另一番景象——艳阳高照,所以雨伞变得不那么必须。

雨—太阳—太阳雨
The Rain—the Sun—the Rain and the Sun
2012 - 4 - 29

记不清这是第几次,窗外雨又唰唰地下起来了。4 月中下旬以来,剑桥的气温就一直徘徊不前。雨一阵一阵的,雨的间歇太阳有时会露脸,可还没等完全笑开,雨又突然杀个回马枪,阳光来不及撤回,就出现了太阳雨。一会儿,太阳不见了,雨还密集地下着。再一会儿,天又开始放亮,云也亮起来,太阳挣扎着又放出耀眼的光来,奇怪的是雨却更密了……雨小了,雨停了,太阳却犹豫着要不要出来,云暗暗的。如此反复,让人不知所措,但又不至于绝望,也许下一秒,太阳又会光芒万丈,君临一切了。

绿肥红瘦
The Red Is Fading While the Green Is Thriving
2012 - 5 - 22

从窗子望出去,原来衬着灰黄砖墙的是一树樱花,如今摇曳的却是一树绿叶,叶间偶有一两朵颜色极淡的花,如影子一般。两个月的功夫硬是把淡粉看成了碧绿。其实树原也是有叶的,奈何当时被花夺去了颜色,几乎不曾留意罢了。季节的更替、岁月的流逝就是这样悄无声息。剑桥没有什么很高的建筑,多为石墙、砖墙,土黄色,怀旧,温馨,不似钢筋水泥给人冷硬的感觉。人们有时会在窗楣上用红砖装饰,像女子描眉,显出精神来。也会在转角加些别致的图案,门却五颜六色。墙面白漆往往刷得极粗糙,但并不显突兀,反倒有些稚气古朴的味道。剑桥也没有什么很宽的路,大都两车道,有些甚至是单向车道,反而是自行车大行其道。加上无所不在的绿地,城市不会显得太喧嚣拥挤。感觉这是个宜居之所。

有时,我们只需耐心等待
Sometimes All We Need Is to Wait in Patience
2012-5-25

一直期待着剑桥明媚的5月,迎来的却多是阴阴冷冷的天气。5月中旬的一天走在路上突然开始下雨,不对,是下冰雹,噼里啪啦的,还伴着狂风,很冷。心想,这种节奏6月飞雪也不是不可能啊。以至于我绝望地问周围人:"会不会这里永远都暖不起来了啊?"但冷归冷,雨归雨,季节的更替却在不知不觉中有条不紊地进行着。光秃秃的树枝何时披上了绿装?曾经的姹紫嫣红何时不见了踪影?草坪又何时绿得逼人眼了呢?

王老师要回国了,本来打算一起去格兰切斯特喝茶,但天总是很阴郁,还有风,毕竟是露天茶吧,想想都冷,也就作罢。

但就在王老师回去的第二天(5月24日),剑桥一下进入了初夏:阳光灿烂,万里无云,气温迅速飙升,人们一转眼换成了夏装。草坪上三五成群坐满了人,晚上8点多居然还跟概念中的下午四五点差不多,我也不愿早早回去,拿本小说坐在绿地边的长椅上,一扫多日心头的阴霾。

英国人太喜欢阳光了,这有些灼人的太阳下居然没有一个人打伞,真的是全身心投入阳光的怀抱。也许是气候使然吧,在经历了漫漫寒冬和连续的阴冷之后,人们便特别珍惜这橙色时光。一切都会如期而至,所有的阴郁、所有的寒冷(包括那突如其来的冰雹)其实都在静静酝酿着眼前的这片明媚,我们只要耐心等待即可。

空气中都听见窃窃私语:买! 买!! 买!!!

Whispering in the Air—Buy! Buy!! Buy!!!

2012 -6 -29 03:24

6月底,7月初,太阳开始变得火热。剑桥终于入夏了。当狮场商业街突然人潮滚滚,当沿街商铺不约而同打出"清仓"、"甩卖"、"打折"的广告牌("Clearance","50% off","up to 70 % off","On Sale"),当商店晚七八点居然还在营业,当人流高峰期试衣间门口终于排起长龙时,英国一年中仅次于圣诞的打折季终于姗姗走来,空气中都似乎听见有人在窃窃私语:买! 买!! 买!!!

水仙盛开的季节

从诺丁山到哈罗德

From Notting Hill to Harrods

"而这才是我的世界——伦敦最可爱的角落。这里每天都有热闹的集市,贩卖各种水果和蔬菜。一转眼就到了周末,天一亮,不知从哪儿就冒出上百的小摊,从波特贝罗路一直排到诺丁山门。无数人在这里选购古董,有些是真品,有些就不好说了。"以上是电影《诺丁山》开始的一段台词,这个被主人公称作"都市里的村庄"的地方就是伦敦的诺丁山。

诺丁山因为那部由茱莉亚·罗伯茨和休·格兰特主演的同名浪漫爱情影片而名声大噪。很多人来这里都会痴痴地寻找那个男女主人公第一次邂逅的旅游书店和男主人公居住的有蓝门的房子。但其实这里是个热闹的地方。每年8月底诺丁山都会举办一个激情四射的加勒比风情狂欢节(Notting Hill Carnival)。届时会有百万人从四面八方赶来参加这个据说是欧洲规模最大的街头派对。英国的夏季是一年中最好的时候,白昼长、日光足、气温适宜,所以著名的爱丁堡艺术节也在8月。与之相比,诺丁山的这个似乎更加大众化、全民化,狂欢气氛更浓,但我终是无缘参加了,好在这里的波托贝洛路(Portobello Road)上还有一个有名的周末集市可以去感受一下。

周六这天,除了固定店铺,临时摊位也都一字摆开。想想50年前这里还是个养猪场,也算是小规模的沧海桑田。由南向北,先是古董和工艺品市场;接下来是食品,包括水果蔬菜鱼肉,甚至还有饼摊,连卤鸡腿的大锅都摆出来了,相当有气势。电影中格兰特穿街而行和后来四季变化的两段应该都是在这里拍的,用他的话说"这才是我的世界",这也的确是普通人的生活。最北边就是有名的跳蚤市场,各种二手货由一辆辆车载过来,往路边一摆,名副其实的"地摊货",运气好也能淘些物美价廉的东西。这其实是种非常环保的生活方式,己所不欲也许正是人之所需,东西嘛就要物尽其用,循环起来才有意义。

来的时候天气不好,时雨时晴,但即便如此,这里熙熙攘攘的人流还是一眼望不到头。在这里你可以挑挑拣拣,还可以讨价还价,买不买都是一乐。路边有间卖衣服的店铺,居然用两整面墙的老式缝纫机来作店内装饰,衣架更是类似机床的铁家伙,绝对标新立异,很吸引年轻人。

我最感兴趣的是古董,虽然不懂也不会买,但一路"品"下来居然很享受。英国的历史和文化也算悠久,一些东西动不动就追溯到维多利亚时期或更早时候,那或许是个牙雕的小项链坠,或是枚别致的宝石胸针,或是一张发黄的老照片,你会觉得它们都是有故事的。你会想知道那枚宝石胸针的前世今生,它的或平凡或不凡的际遇,你会想它曾经的主人,你会想那是怎样一个女子,她和它之间如何结下这段缘分,是祖母的馈赠?是爱人的礼物?是……之于她,它的意义也许并不亚于白金汉宫世代相传的钻石。而在这之前它又吸收了多少天地间的日月精华,又是在怎样一个偶然的机会重见天日,后来又是经过哪双手的用心"雕琢"……而最后又如何"流落至此",如今被人当心爱之物买去,也许它会前往一个陌生的国度,别在另一个女子的胸前,它又将会有怎样的经历?这种珠宝被女子绕于颈间、别于胸前、缀于指根或装饰于腕上是不是更有味道些呢。其实珠宝永远不属于谁,它永远在不停的流转中获得新生。

一路上我看见不止一个漆成蓝色的门,连游客的购物袋上都有"蓝门"(blue door)的字样,但我始终没搞清影片中的"格兰特"是住在哪个有蓝门的房子里。我不想问人,怕弄得跟追星族似的,但似乎也不重要了,I came, I saw, I experienced(我来了,我看到了,我经历了)。

从诺丁山我直接去了骑士桥,从地铁出来几乎就是哈罗德了。这间伦敦最高级的百货公司据说和美国纽约的梅西百货有一拼。它的外观很特别,像一座宫殿,而内部装修尤其豪华。20 世纪 80 年代,埃及富豪法耶德买下这间百货公司,投入 4 亿英镑进行装修,出来的效果如何富丽堂皇就可想而知。里面有浓厚的古埃及风情。不同大厅里天花板的装饰从花型到颜色都别具一格。商场连地下共 7 层,所有世界顶级名牌在这里都一应俱全,以品种丰富和商品精美著称。单是食品区的巧克力就让人眼花缭乱,种类之多让人惊叹。因为哈罗德的口号就是"人人得所需"(Every Thing for Every Man)。即便没有你想要的,它也会创造条件满足你。很难想象,它是由当初的一家杂货铺发展而来。哈罗德的定位是高档、优雅、奢华,但也许是名声在外,各地游客蜂拥而至,这里异常嘈杂。

之前听说哈罗德对顾客的着装有特殊要求,像穿牛仔裤、背双肩包都会被劝阻,但显然这个很难执行。这里的服务自然也是一流的。它会为特殊顾客提供个性化服务,可以预约私人服务(personal service),据说很多明星,包括 M.J.,都是在商店打烊后来扫货,否则产生围观,后果不堪设想。这里还有一个吸引人的地方,就是位于地下的戴安娜王妃和她情人法耶兹的灵堂。

哈罗德百货公司

在这里,一般有钱人真不用觉得自个儿有钱。当然也有普通人可以享用的,比如食品。我买了一份虾仁蔬菜沙拉、一份油炸小鱼,发现都很好吃。这对于我已是大概率事件,因为在英国尝试新口味多半有些冒险。从哈罗德出来,门口有人发起签名,抗议哈罗德出售野生动物毛皮制品:Stop selling bloody fur coat! Boycotting Harrods! (停止出售野生皮毛制品!抵制哈罗德!)想起姚明那句公益广告:没有买卖就没有杀戮。

今天(周六)的伦敦其实很热闹,有多场表演在不同地点进行,都是"伦敦2012"的一部分。一个是在特拉法加广场的"盛大歌舞表演"(Big Dance),一个是早上7:30就开始的千禧桥上一个类似蹦极的表演(One Extraordinary Day Surprises:Streb Once in a Lifetime),还有海德公园的音乐会。分身无术,我只能想象了。

邱园"记事"

Kew Gardens

最后一次去伦敦,很是纠结。迄今为止去过的地方不少,但没去过的似乎更多。虽说遗憾总是难免,但最后一刻,面对可能最后一次的机会,若说有一个地方不想错过,我想那就是邱园(Kew)了。

邱园一般不会出现在伦敦热门景点的推荐名单上,但伦敦当地人对它却情有独钟,他们愿意在风和日丽的春日或阳光明媚的夏日,一家人来到这个位于伦敦西南的植物天堂,投身自然的怀抱,融进无边的绿色,与花为伍,与鸟作伴,沐阳光观虫鱼,做一次深呼吸。

Kew 又称 Kew Gardens,正式名称是皇家植物园(Royal Botanic Garden)。我的 Kew 情结主要来自伍尔夫的同名短篇"Kew Gardens",中文译为《邱园记事》。在有限的篇幅里,伍尔夫不惜浓墨重彩,用细腻而富有诗意的笔触把邱园卵形花坛里的花花草草以一种强烈的视觉印象呈现在我们眼前,难怪有人在其中读出了后印象派绘画的特点。在文中,她这样借雨滴来折射花的色彩:The light fell either upon the smooth, grey back of a pebble, or, the shell of a snail with its brown, circular veins, or falling into a raindrop, it expanded with such intensity of red, blue and yellow the thin walls of water that one expected them to burst and disappear.(亮光或是落在光溜溜灰白色的鹅卵石顶上,或是落在蜗牛壳棕色的螺旋纹上,要不就照上一滴雨点,点化出一道道稀薄的水墙,红的,蓝的,黄的,色彩之浓,真叫人担心会浓得迸裂,炸为乌有。)于是邱园在我的印象中一直是个打翻了的调色板,主色调是绿,然后就是泼上去的姹紫嫣红。

邱园位于伦敦西南。从维多利亚站出发,坐地铁大约需要坐 13

站。和小说里描写的一样,我也在一个7月天来到邱园。正如售票员说的"今天去那儿很合适"(It's a beautiful day to be there),在经历了一个月连续不断的阴雨之后,人人都因为今天的太阳心情大好。

这座皇家植物园占地100多公顷,历史可以追溯到两个半世纪之前,2003年成功申遗。这里除了醉人的绿、幽静的湖、各色的花鸟,最有名的莫过于玻璃温室,其中又以温带植物室(Temperate House)、棕榈树温室(Palm House)、威尔士王妃温室(Princess of Wales Conservatory)最受游人青睐。

棕榈树温室是世界上第一座玻璃温室;温带植物室之前曾是世界上最大的玻璃温室,如今也还是现存的最大的维多利亚式玻璃温室;而威尔士王妃温室不但设计独特,像一组撑开的透明的伞,而且不同气候带的植物物种在这里最为丰富。温带植物室内白色的旋转楼梯会把你送到头顶的圆形回廊上,刚才还得仰视的那些高大热带植物立马置于脚下。园里还有一个凭空架起的树顶步道,突然想起一部奥斯卡获奖影片《云中漫步》(Walk in the Clouds),这回却是漫步树巅了,像林间小鸟一样,也多少补偿了童年时候对于树屋的向往。这里还有一间睡莲室,虽然不大,却如仙境一般,让我想起云蒸霞蔚的天宫里点缀着各种奇花异草,水面上浮动着一张张巨大的绿叶托盘,闪烁其间的是娇艳的花朵。这个园里还有野生动植物观测区、水生植物区、松林、红树林、竹园、玫瑰园、百草园……总之它满足了人们对于植物的所有想象和喜爱。

适逢奥运前夕,维多利亚餐饮中心前的草坪上用花草拼出一个巨大的五环,很多人在里面享受日光浴。邱园不光通过收藏、培育、展示植物来吸引植物爱好者,它还通过各种生动有趣的方式培养未来的植物爱好者,这其中的重点便是孩子。这里有许多针对孩子的图片讲解、多媒体互动、参与性游戏。它以一种巧妙的方式迅速拉近我们和植物的距离,告诉我们像咖啡、茶叶、胡椒粉、香草这些我们再熟悉不过的饮料、调料、香料来自哪些植物,又是怎么长出来的;或者它会以某种特殊方式迅速激起我们对一些珍贵树种和奇花异草的好奇心。如此良苦用心,谁敢说几十年后那些好奇的孩子中不会出几个植物学家呢?

我对于植物的认识实在有限。在了解了一些植物的有趣故事后,我便热衷于在心里印证《邱园记事》里的一些片段。园里确实有很多花坛,但我一直不确定伍尔夫描写的那个卵形花坛具体在哪里。小说中小姑娘练习写生的一定是睡莲池,我也看到了文中提到的中式大宝塔以及"栽培棕榈的温室玻璃","……仿佛阳光下开辟了好大一个露天市场,摆满了闪闪发亮的绿伞"。伍尔夫甚至还提到了飞机的嗡嗡声,的确,邱园距伦敦西斯罗机场很近。文中那个情窦初开的女孩有意无意间在喜欢的男孩面前飘了一句:"不知邱园的茶好不好?"……作品捕捉的是人内心瞬间的真实,却也有触目惊心的效果。恍惚间我四下望望,好像他们就在附近——邱园的蝴蝶、蜻蜓以及蜗牛,还有邱园过往的男男女女的身影,其中似乎还有伍尔夫自己。一切似乎变得那么近,好像在伸手可触的地方。这个短篇并不是关于邱园的,但邱园却为伍尔夫要展开的人物片段提供了一个绝佳的布景。

邱园里居然有一窝鸡在树荫下乘凉,还有一只拖着曳地长裙的孔雀在小径款款散步,有不少小松鼠会突然跳出来,瞬间消失得无影无踪。一个从湖边返回的游客抑制不住兴奋之情,说你想拍照的话,那里有小天鹅(baby swans)。邱园是树的王国、鸟的天堂、虫的乐园、鱼儿的家。邱园是我们沾花惹草、招蜂引蝶的地方,是我们养眼润肺、放松心情的地方。单是双脚踩在厚厚的草坪上就让人卸下了所有的铠甲,喝醉了酒一般,深一脚浅一脚,东摇西晃,背影消失在绿色中。用伍尔夫的话说,就是"他们走路的样子都不拘常格,随便得出奇,看来跟草坪上那些迂回穿飞、逐坛周游的蓝白蝴蝶倒不无相似之处"。

园内处处有木质长椅,都是私人捐赠,纪念逝去家人及朋友的。这些逝者生前无一例外都是爱邱园的人,他们的足迹遍布邱园的一草一木,他们对邱园的爱已融入生命。他们的家人朋友是懂他们的人,知道没有什么比这种纪念方式更遂他们的心愿。"有多少先人长眠在这园子的大树底下,到了这儿能不想起过去吗?长眠在大树底下的那些先人,那些不昧的亡灵,他们不就代表着我们的过去?我们的过去不就只留下了这么一点陈迹?……我们的幸福不就受他们所赐?我们今天的现实不就由他们而来?"文中,赛蒙的妻子如是说。

如今更多和他们有着共同爱好的人来到这里,偶尔坐下小憩,读着他们的名字并在心底深深羡慕他们:以这种方式留在邱园,有福了!会不会有人就此告诉他们的家人朋友:"这也是我的心愿啊!"

这次还有一个人让我印象深刻,那就是玛丽安娜·诺斯(Marianne North)。玛丽安娜·诺斯是一位维多利亚时代的无畏行者和艺术家。这个女子出于对植物的热爱,在从1871年到1885年的14年间跨越五大洲,足迹遍及17个国家,为近1000个物种留下了832幅绘画作品。有些物种连植物学家和园艺学家都不甚了解。她最后在邱园为这些作品找了个家,并亲自负责展馆布置。如今走进这个以她名字命名的玛丽安娜·诺斯画廊(Marianne North Gallery),你可以看到她的雕像、有关她生平的片子、她外出旅行必带的沉重的大木箱,还有就是陈列室里那铺天盖地的画框。她的作品绝大多数都是树木和花卉,乍一看像印刷品,凑近仔细看,就能看到似乎未干的颜料和细致的笔触,它们居然是这位维多利亚时期的女子在人迹罕至的林中一笔笔描绘出来的。每个人面对那浓烈欲滴的色彩都不由心生敬意。据说这位奇女子不爱身边的"上流生活",经常自我放逐一般离家数月,脚蹬笨重的靴子,驾着驴车深入人迹罕至之地,一个人在林中默默作画,一画就是一整天。她最终把自己的生命和灵魂画成了一棵棵树、一株株花。细细端详这些作品的时候,我分明听到了她生命的回响。她终生未嫁,但她嫁给了植物和艺术,邱园是她最好的归宿。

这个展馆还为游人提供空白纸签和笔,邀请大家留下自己独特的关于植物的记忆和故事。这个有心的想法果然引起了巨大的共鸣,因为我看到了满墙的故事。邱园真的把对植物的爱做到了极致。热爱植物的种子就是这样播下去的,未来收获的会是一代亲近植物的人吗?

英国人对植物及园艺的热爱深入骨髓,且不说遍布各个城市的植物园,就是各家的庭院,但凡有可能都会长些花花草草,超市里有园艺用品专区,市场卖瓜果蔬菜的地方就有花花草草,邱园正是这种热爱的集大成者。

邱园经常会有一些相关的艺术展。这次的艺术展叫做"邱园的大卫·纳什"(David Nash at Kew)。纳什这个姓氏给我印象太深了,在莎翁故乡,有个景点叫"纳什之屋"(Nash's House)。那个纳什是莎士比亚的女婿;在白金汉宫,纳什的名字被反复提及,因为今天的王宫从设计到内饰主要归功于那个纳什;而如今在邱园开艺术展的这个大卫·纳什是英国著名的艺术家,更准确地说,是一个和树木打了40年交道的艺术家。为了了解树木,他甚至涉足科学和人类学,他让自然引导他的艺术创作。

他的作品让我们重新思考人类与自然的关系。他不光展示作品,更强调创作过程,所以他把创作过程搬到了邱园。在这里你可以看到原料、半成品,运气好还可以看到创作过程。他用树木这一独特的自然语言表达他的思想和理念。起初他用现成的木头创作,后来干脆进山自己寻找素材,因为他要了解树木的历史、它们的源头、它们的家。在纳什看来这些树木都是独一无二的生命。他的这些理念正好和邱园的诉求不谋而合:甄别保护研究一切植物。在纳什看来,自然给科学家、艺术家提供灵感,并让这两个不同领域彼此可以找到契合点。

他的作品中有一个关于树墩的故事深深打动了我:费斯延约格山谷的一棵树,有近250年的历史。1978年时遭遇雷击,后被伐下。面对这样一棵完整的直径一米多的树,纳什决定化整为零,最后剩下的大木墩要拖下山很难也太危险,于是他就沿着陡峭的岩石把它推入溪中,从此用录像记录下它的生命轨迹。在他,这也是创作的一部分。起初这个大家伙卡在瀑布中,纳什记录下它在不同季节和天气里的生存状态,在冰里,在雪中;来年3月的暴风雨把它冲到瀑布下的池子里,后来它又顺着下一个瀑布坠入另一个池子,并在那儿一待就是8年,那儿似乎成了它永久的家。但变化是永恒的,接下来的 24 年间,随着雨水、河水的变化,它先后发生过 9 次位移,最终被冲入 Dwyryd 河,随着风雨变化,在河口沉浮不定;2003 年它突然失踪,找了半天没找到,以为是入海了,2008 年在河口又短暂重现,之后就再未见到。纳什最后是这么说的:它不是不见了,它一直都在。(It is not lost, it is where ever it is.)

这个展厅里摆放着各种造型的木头艺术品,原料都取自费斯廷约格山谷。山上的那棵老树只有那个直径一米多的大木墩以这种影像的方式存在着并成为艺术展不可或缺的组成部分,它以自己的缺场有力地证明着自己的存在。从某种意义上说,这个作品是纳什对树木、生命和艺术的最深思考和最佳诠释,他以这种独特的方式在向另一个生命致敬。

反正最打动我的就是这部分。我会觉得他记录的是一个生命的故事,就像我们每个普通人可能有的生命轨迹。德国著名哲学家雅斯贝尔斯说:"真正的教育是用一棵树去摇动另一棵树,用一朵云去推动另一朵云,用一个灵魂去唤醒另一个灵魂。"生命和美何尝不是?

邱园

奢侈的牛津之行

Touring Oxford at a Leisurely Pace

这个周六,我最后一次去牛津,没有任何明确目的,就是享受在路上。早上起来吃过早饭,想都不用想,习惯性地找齐钱、卡、护照、手机、相机、钥匙、伞,把它们统统揣进小包,换鞋出门。

周末早上行人很少,在帕克绿地旁逛来逛去的都是要坐车出门的——或去伦敦,或去希斯罗机场,或去牛津。

车在路上晃了三个小时,也不着急。一路有一眼没一眼看过去,有一耳没一耳听过去。到了牛津,乌泱泱的游客满大街都是,最多的就是中国游客,很多小孩,不知是不是暑期来游学的。

看人多,我干脆钻进了 Waterstone,这是家大型连锁书店,剑桥也有。在新书推荐里找了一本通俗易读的,讲的是"如何面对老去"的话题(face aging without getting old),是一本修心的书。我也不知为何找这么一本书,也许是潜意识里觉得自己在老去。找了个沙发坐下去,等再抬头,已过去两个多小时,居然也看了半本下去,脖子有些不舒服,匆匆翻了翻剩下的内容就出了书店。

有些饿,去超市买了面包和果汁,到基督学院划船的那条河边找了张石凳坐下,边吃边晒太阳,看一条条船从面前经过,有人不会划,船在河里不停打转,看着船上的人大呼小叫,就开始傻笑。有野鸭从面前走过,就扔些面包屑出去,如此混了两个多小时后又回到闹市区,随着人流转进商店,从楼上逛到楼下,禁不起诱惑,又给儿子买了件衬衫。出来发现时间已不早,晃晃可以往车站方向去了。

晚上 6:40,踏上回程,又是三个多小时的车。满天的晚霞,月亮渐渐撩起面纱,很亮但还有三分之一没满,突然想到回家时它就该满了,也突然意识到这是回国前最后一次外出,立即贪婪地把头转向车窗,恨不能记住眼前飞逝的一切。

到家近十点,相机里总共拍了两张照片,不禁自嘲:来回坐六个小时的车,去牛津只是看了半本书,晒了会儿太阳,吃了点东西,买了一件衣服。境界啊!

牛津街头

我眼中的 2012 伦敦奥运

The London 2012 Olympic Games As I See It

位于斯特拉福的奥林匹亚公园（Olympic Park）离剑桥很近，坐大巴也就一个多小时的车程。每回去伦敦，都有很多人在这里下车，最近更是人潮汹涌。作为伦敦 2012 奥运主场馆的"伦敦碗"（London Bowl）就在这个公园南面的一座小岛上，三面环水。奥运的田径比赛主要在这里进行，当然更受人关注的是将要在此上演的开幕式和闭幕式。

虽说伦敦历史上已举办过两届奥运会，但每天看报纸你都能感受到这个国家在奥运开幕前的深度焦虑：先是安保出现缺口，接下来交通堵塞引来怨声载道，天气又不给力，阴雨连绵，先期到达的运动员在机场迷路，北京开幕式带来无形压力，开幕前夕，希斯罗机场部分员工还闹罢工，最要命的是这个国家的经济正陷入衰退，就业问题凸显……凡此种种，都给政府和主办方造成了巨大的压力。

也许出于以上原因，我感觉英国人在奥运这事上自始至终比较低调。开幕前两周，伦敦除了塔桥上的五环标志和街头一些彩旗外也不见特别的宣传攻势。虽有不少文化活动，但都以"伦敦 2012"（2012 Festival）的名义在进行。再往前推，也就是火炬传递动静大些。当然随着奥运的临近，我多少还是能感受到一些变化；除了相关新闻报道越来越热外，奥运特许商品越来越多地被放在了商场的醒目位置；再比如去邱园，会看到花草造型的五环；又比如剑大图书馆的玻璃展柜里换上了奥运专题的书籍图片实物……但这些小小的应景之举和当年北京早早就开始的排山倒海的宣传简直不可同日而语。对于这次伦敦奥运，我感觉中国人比英国人还起劲。随便在网上转转，我们又是倒计时，又是做专访，又是推奥运伦敦游，又是预测金牌，也难怪，中国在开幕式后还有很多精彩值得期待。

开幕式前两天,英国人突然来了精神,报纸的舆论导向似乎也发生了转变。先是部分参加奥运开幕式彩排的人放出话来:难以置信,相比之下北京的开幕式不怎么样。我窃笑,心理暗示很重要,英国人什么时候也成阿Q了。看来北京开幕式给英国人造成的心理压迫不小啊。接着有人告诫那些爱抱怨的人:你们的抱怨没人记得,但这次盛会肯定会让人难忘(The Games will be remembered long after our moans have faded)。

虽然离奥运这么近,我还是和大多数人一样在电视上看了开幕式,唯一好处是身处本地不用倒时差。但熬夜看开幕式,加上第二天一早出门,导致我第二天下车后走在牛津的街上就如梦游一般。

剑桥超市里当天的报纸已新鲜出炉,头版头条无一例外是昨天开幕式的盛况:图片多是点燃后的火炬,也有"伦敦碗"上空璀璨的烟花,下面的标题十分抢眼:赞扬声一片"FANTASTIC","WOW!","THE GREATEST ON EARTH","BLAST OFF","BRITAIN AT ITS BEST"。之前报纸上天天都有关于奥运的负面新闻,但关键时候大家居然异口同声大声叫好,谁不好个面子呢?理解!毕竟,要说服世人先得自个儿坚信不疑,先声夺人很重要。

2008年北京开幕式和2012年伦敦开幕式都出自电影导演之手。英国的丹尼·博伊尔是奥斯卡奖得主,中国的张艺谋也是国际影坛最具影响力的中国导演。大家的思路也是一致的,那就是把自己最好、最有特色的一面展示给世界,同时唤起国人的民族认同感和自豪感。

中国历史悠久,又正在崛起,百年奥运梦想一朝实现,中国人有太多的东西要表达:从四大发明到航天梦想,从诗书礼乐到孔圣人,从丝绸之路到郑和下西洋,从茶叶到瓷器,从太极到功夫,从多民族到各剧种。以外国人对中国的孤陋寡闻,我估计他们不一定懂,但不管懂不懂,震撼是肯定的,而且确实是很唯美、很东方的表达,仪式感很强。

英国虽然不是文明古国,但也有辉煌的历史、灿烂的文化。伦敦要展示它田园牧歌式的乡村生活、轰轰烈烈的工业革命、引导世界潮流的以摇滚为代表的流行音乐、引以为豪的全民医疗体系。名人从莎士比亚、J. K. 罗琳、前披头士乐队成员保罗·麦卡特尼到万维网发明人伯纳斯·李,当然风头最劲的就是女王陛下。此外还有影视文学作品中家喻户晓的人物彼得·潘、詹姆斯·邦德、哈利·波特、憨豆先生,依稀还有爱丽丝漫游仙境的奇幻色彩。

如果说北京奥运开幕式是交响乐,大气恢弘;伦敦就是乡村风加摇滚乐,小清新加激情澎湃。北京充满古典美,如一幅水墨画;伦敦充满自然美和现代美,先是一幅田园画,后来变成抽象画;北京气势如虹,伦敦轻松幽默,北京是宏大叙事,伦敦更多聚焦于普通个体。

我喜欢他们的两个主题词"奇异之岛"(Isles of Wonder)和"鼓舞一代人"(Inspire a Generation);我喜欢伦敦的那个倒计时:在街头巷尾,城市乡村捕捉数字,很俏皮、很跳跃、很新奇,不拘一格;我喜欢源自泰晤士河的那段神奇之旅,将英国的名胜一网打尽。女王和007的组合也很有创意,憨豆那段虽然搞笑但感觉有点不符合我们的审美情趣;另外,音乐太多,奥运主题反而淡化了。保罗的老歌"Hey Judy"也许能激发起英国人包括西方人的怀旧和共鸣,但中国人听着就没有那么大的感染力。点火虽然广受好评,但我感觉北京的更精彩。总之,2008年北京奥运开幕式给了世界太大的压力,大家都在寻找突破口,怎么能自成一格,伦敦应该说尽力了,毕竟投入上没得比。再说也不提倡攀比,有多大力铺多大场子。我们自己以后搞这样的活动,也可以再轻松一点,用罗格的话说:更轻松,更欢乐!

奥林匹克公园

意识形态是一堵看不见的墙
Ideology, an Invisible Wall

我最近看报纸比较多,发现西方对中国的偏见也好敌视也罢,真的是根深蒂固。中国的崛起似乎让所有人不爽。先是有人散布"中国威胁论",挑起周边国家在南海问题上兴风作浪;接着面对中国经济出现的问题,又幸灾乐祸,巴不得中国从此崩溃;如今中国在奥运会上多拿了几块金牌,又让很多西方国家酸溜溜的,不光风言风语,还捕风捉影、无端猜忌。

倒是中国对西方从来没有像现在这么包容,有时甚至太高看他们。伦敦奥运开幕式后,中国人并没有因为北京奥运开幕式的光环而对伦敦说三道四、不屑一顾。来自中国的绝大多数评论都是一分为二、积极正面的,认为开幕式轻松幽默,充分显示了英国人的自信。我觉得这是一个大国应有的气度。相比之下,反倒是英国人不够淡定:看过彩排的人除了自我陶醉外,还贬低中国的奥运开幕式。我想你可以用任何词来评价2008年北京奥运开幕式,唯独不可以说它无聊平庸。在中国,这种没水平的话最多也就在网上传传,在英国为提振信心居然还上了《时报》(The Times)。

今天我又看到两篇关于中国的报道:一篇显然是个"爱国人士"写的:We are can-do people. There is nothing a big dictatorship can do what a small democracy in the right spirit can not do better. 意思是"没有什么是一个独裁国家能做到而一个民主国家不能做得更好的"。另一篇的标题是"China's system is not worth a thousand golds—we are sympathized with Ye Shiwen and other athletes whose lives are shattered and bodies broken."(中国的体制不配得那么多金牌,然后替运动员各种喊冤)。

我看了真不知说什么好。我觉得英国人已经倒退到我们几十年前的状态。那时候我们每天都喊口号，狠批帝国主义，觉得那里简直民不聊生，就等我们去拯救。想不到21世纪了，英国人还这么以救世主自居，对别国的人权指手画脚。虽然在国内时也常发牢骚，但在国外却看不得这种非善意的批评。想家了，要回去了。

仲夏夜之梦

A Midsummer Night's Dream

走了走了,还有一个梦等着。

那天正好从游人如织的康河边上走过,突然发现人群里多了些身着"奇装异服"的男男女女。仔细打量,那些人竟像是从伊丽莎白时代走出来的,他们"混迹"在行人及游人中间,正在派发一本本粉红的小册子。拿到手一看,原来一年一度的"剑桥莎士比亚戏剧节"(Cambridge Shakespeare Festival)正在火热进行中,而这已是第25届了。我再一次被英国人对传统的巨大坚持和热情所感染。

整个活动从7月初开始一直延续到8月底结束,期间会上演一系列莎士比亚的代表作。每年上演的剧目不尽相同,今年安排的是《温莎的风流娘们》《暴风雨》《裘里斯·凯撒》《驯悍记》《第十二夜》《仲夏夜之梦》《李尔王》和《皆大欢喜》。

莎士比亚是英国永远的骄傲。在莎翁故乡斯特拉福,在伦敦的莎士比亚环球剧场,人们无不期待一场原汁原味的莎剧,我却因为各种原因一再错过,这回无论如何要补上。因为是夏天,所有的演出都安排在户外。说到户外,还有什么比剑桥大学各个学院的"私家花园"更合适的"户外小剧场"呢?除了三一学院,这次开放的还有国王学院、格顿学院、罗宾森学院、唐宁学院以及圣·约翰学院的花园。名剧配名校,自然是两好并一好,好上加好。

我拿到小册子时,戏剧节已日程过半。对不久将要离开的我而言,很多或已无可追,或已无可期,当下有缘的只有《第十二夜》和《仲夏夜之梦》。我毫不犹豫选择了后者,一来这出剧被安排在著名的三一学院的花园里,二来觉得当下没有比这出更对景、更浪漫、更欢乐、更适合为我此行画上圆满句号的了。

演出晚上7:30开始。从一条比较陌生的路按图索骥地找过去,不想周围越来越熟悉,最后居然站到了离剑桥大学图书馆几步之遥的那条马路前面。我有些疑惑地打开地图,才发现这条我穿过不知多少回的窄窄的马路原来就是皇后路(Queen's Road)。在这条路一个不起眼的小门前,我终于看到了演出的海报和引路的箭头。据说这个和三一学院主体一路之隔的后花园平时对院内学生都很少开放,今天托莎士比亚的福,我竟有缘一探究竟。

沿左侧窄窄的小径往里走,转身之间发现里面竟别有洞天:厚厚一道绿色植物围墙,怀抱着好大一片草坪。林木掩映中的这一方天地在黄昏时候显得格外静谧。突然间回过神来,这不就是大学图书馆侧门对面整日被高高的灌木围得严严实实让我好奇不已但总也看不到的那个神秘所在吗?离开前,这个仅一"墙"之隔的既熟悉又陌生的她终于撩起了神秘的面纱:在这里既可以看到人工匠心的痕迹(精心"雕刻"的树洞,用心侍弄的花坛,细心铺就的石子木屑小径,费心修剪出的灌木及草坪),又可以看到自然的造化(外围的部分林木植被,完全像被宠坏的孩子,肆意生长,不受约束,一派天然却尽得风流)。

草坪尽头有一棵大树,这棵树枝繁叶茂,树下的草坪恰到好处且极其自然柔美地凹下去一圈。在每一个朝阳升起、夕阳西下、星光满天、月光如水的时候,这都应该是梦开始的地方吧。树上系了一条蓝色绸带,叶间坠了些圆形的亮晶晶的东西,在夕照间一闪一闪的。时近黄昏,倦鸟归林,空气中弥漫着植被特有的沁人心脾的气息,这时如果林间飘过一位仙后,树下走出一个精灵,那是完全没有必要感到惊奇的,因为此情此景让每个身处其间的人都有些飘飘欲仙的感觉。而大树背后是密密的参差的林子,通向不知所以,连接起仙界和凡间。

人们陆陆续续地赶来,呈半圆形围坐在树前。椅子坐满了,就坐到椅子前面的草地上。时间还早,草坪上铺起了五颜六色的垫子,人们带来餐盒、饮料甚至香槟,席地而坐,谈笑风生,完全像是一个花园聚会。

孩子们则在草坪上追逐打闹，像本色出演的精灵。为配合气氛，抑或是一种传统，有人头戴花冠，有人身背白色的小翅膀，演出还未开始，绿野仙踪的氛围已若隐若现。环顾四周，只看到后面有两个高高的支架，还有一张提供饮料的木桌。灯光呢？音响呢？

　　时间到，有人宣布演出开始，周围立即安静下来。演员们依次登场，发现他们完全不用麦克风，全凭一副好嗓子。大段大段的台词从他们嘴里汩汩而出，夸张的动作和表情，诙谐幽默的表演，不时引来观众的阵阵笑声。这本来就是一出"好事多磨"加"有情人终成眷属"的爱情喜剧，仙王仙后及小精灵帕克（Puck）的加盟让这出戏格外欢乐闹腾，加上一帮织工的插科打诨，更使笑声指数一路飙升。其中的"爱情魔汁"起着增加戏剧冲突、推动情节发展的作用，虽然也给有情人带来短暂的痛苦和折磨，但这与最后的"大团圆"结局比起来又算得了什么呢，不过是生活的调味品罢了。在一些无关紧要的搞笑桥段中，演员们开始与时俱进，自由发挥，时不时搞些穿越，比如织工排练时居然唱起了音乐剧《猫》里的《回忆》（Memory），还有《剧院魅影》里的《夜之音乐》（Music of Night），引得台下一片"共鸣"。演员从四面八方的"密林"深处走来，偶尔还会坐进观众席，拿观众开心，扔他们的鞋，喝他们的水，台上台下立时成了一片欢乐的海洋。

　　天光渐渐暗下去，舞台却渐渐明亮起来，不知什么时候，从后面高高的支架上打过来两束柔和的光，一切衔接得如此不露痕迹，舞台中心的那棵树越发梦幻了，这一刻大家都忘了烦恼和忧愁，跌入了一个梦，一个几百年前由一个叫莎士比亚的人编织的名为"仲夏夜之梦"的美梦，那里有着纯净的欢乐！

后　记

在照片随手拍、满屏晒的时代,我仍然喜欢用文字记录下生命中那些能够打动我并在心中留下印记的时时刻刻。文字本身有一种让人沉静的力量,它每每能隔着岁月勾起人最悠远的回忆。

2012年我有幸得到江苏省政府留学基金的资助,去英国访学半年。因为学语言的缘故,在书本层面上,我对这个即将前往的国度并不陌生,包括它的语言、文化、文学及风土人情,但因为是第一次踏上这块土地,又难免生出一种既熟悉又陌生的感觉。这种感觉很奇妙,因为当你身处其中时,一方面会去印证,另一方面又会去修正;一方面会去充实已有的认识,另一方面又会遭遇很多意外和惊喜。

本书主要源于我在英国剑桥安格利亚·鲁斯金大学(ARU)访学期间的生活经历。从自然、语言文化和文学的视角,以随笔的形式记录了我在英国特别是在剑桥周边的所见所闻所感。文字或长或短,或疏或密,兴之所至,无有定规,更接近日记散文随性的特点。书中既有各地游记,也有日常的衣食住行,既有对自然景观的再现,也有对人文景观的探寻。从牛津到剑桥,从伦敦到爱丁堡,从英国最美的乡村到华兹华斯的湖区,从伍尔夫笔下的邱园到爱丽丝的奇幻世界,从现实中的诺丁山到音乐剧里的《剧院魅影》,从莎士比亚的故乡到"仲夏夜之梦",从传统风格的圣保罗大教堂到后工业时代风格的泰特现代艺术馆,从剑大图书馆到2012伦敦奥运会,更有徐志摩笔下永远流淌的康河……我一方面沉醉于英伦无边的绿色、古老的建筑和伟大的传统,另一方面又以超脱的态度重新审视他人和自我的生活,并融入自己对不同文化的比较和发现。

时隔四年,偶尔看到自己当时的QQ签名:"I came, I saw, I experienced"("我来了,我看了,我经历了"),偶尔读起自己那段时间在"我的空间"里留下的文字,还会思绪如潮,仿佛昨日重现。生命中许多惊人的美都要隔着岁月才能体悟,从这个意义上来说,生命是可以再来一遍的。当时那些粗砺的珠子现在可以细细打磨。在这个过程中,又再一次被带回现场,再一次体会岁月留痕。

其实,这本书的内容得以保存纯属"意外"。一念之差,也许它就永远"遗失"了。

刚回国那阵儿,正当我"踌躇满志",准备系统整理相关资料和日志的时候,电脑却跟我开了个大大的玩笑。由于散热不当,笔记本经历了一场崩溃,而我之前居然没有想到要及时备份。事后先生采取了种种补救措施,但硬盘里的所有读书笔记连同部分照片却永远地丢失了。想到自己在图书馆日复一日的辛苦工作,想到旅途中摄入镜头的一个个美好瞬间,我整个人都不免有些失魂落魄。好在当时为了方便家人朋友了解我的近况,我把日志和部分照片放在了QQ空间里,它们因此幸免于难,也算"不幸中的万幸"。突然间对机器丧失了信心,突然间觉得这个世上没有什么是永远确定和安全的,也突然觉得老天在关上一扇门后,总会为你留一扇窗。就像这些日志,当初若选择以文档的形式保存在电脑里,如今也便不复存在了。如此说来,我和这些幸存的文字之间是有缘分的。

因为家人及朋友的鼓励和厚爱,也是为自己曾经的那段记忆寻一个安放之所,我便有了出书的想法。这里要特别感谢毕凤珊教授一直以来的温柔"督促",使这一想法最终得以落实。此书还得到了我所在的盐城师范学院外国语学院"江苏高校品牌专业建设工程资助项目"(PPZY2015A012)的支持,在此亦深表谢意。

人活在世间,真如沧海一粟。唐代李白有诗云:"夫天地者,万物之逆旅;光阴者,百代之过客也。"要想拓宽这有限的生命,无非两个向度:向外和向内。向外,有辽阔的世界,读书、行路、见人;向内,有深邃的内心,思考、欣赏、感悟。如朱光潜所说,"在微尘中见出大千,在刹那中见出终古"。

　　世间万物原本都在精彩上演,但很多却从未进入我的视野。现在有这么一个国度、这么一个城市,藉由一个特殊的原因成为我的关切,它便凸显出来,在我面前打开一个全新的世界。这世上还有多少门对我们关闭着?有多少门我们终其一生也不得而入?地域、语言及文化都是一道道门,一个人的视界和内心格局也同样决定了他(她)看到的世界有多大。只想说,世界那么大,只要你想看。

　　但出去永远是为了归来。家永远是心的方向和最终归宿。有人说过"每个人都有自己的生活方式,我们只要远远地看着就好";又有人说过"浅尝辄止地体验他们的生活,然后带着思考和所得再悄悄地离开"。信哉斯言!